U0120554

MACBETH

# 《麦克白》注疏

WITH EXPLANATORY NOTES AND COMMENTARIES

[英]威廉·莎士比亚（William Shakespeare）

徐　嘉　笺注

华东师范大学出版社

·上海·

华东师范大学出版社六点分社　策划

# 总　　序

　　每个民族都有自己的文化英雄和灵魂作家,彼此间未必能够认同;但在世界文学的万神殿中,莎士比亚享有无可置疑的和众望所归的崇高地位。他在生前即已成为英国现代-民族文学的偶像明星,自浪漫主义时代以降更是声誉日隆,并随"日不落帝国"的政治声威和英美文化霸权而成为普世文学的人格化身,即如美国学者艾伦·布鲁姆(1930—1992)所说:

　　　　莎士比亚对所有时代和国家中那些认真阅读他的人产生的影响证明我们身上存在着某种永恒的东西,为了这些永恒的东西,人们必须一遍又一遍地重新回到他的戏剧。①

　　当然,这个"我们"在我们看来更多是西方人的"我

---

① 　Allan David Bloom: *Love and Friendship*, Simon & Schuster, 1993, p. 397.

们",即西方人自我认同的、以西方人为代表的,甚至默认(首先或主要)是西方人的那个"我们"。正像莎士比亚取代不了荷马、维吉尔、但丁一样,我们——我们中国人——在莎士比亚中也读不到屈原、陶渊明和杜甫。那是另一个世界,一个不同的世界。这一不同无损于莎士比亚(或杜甫)的伟大;事实上,正是这一不同使得阅读和理解莎士比亚——对于我们,他代表了一个不同的世界,我们既在(确切说是被投入或卷入)其中又不在其中的世界——成为一种必需的和美妙的人生经验。

在中国,莎士比亚作品原典的翻译已有百年以上的发展和积累,如朱生豪、梁实秋、方平等人的译本广为流传而脍炙人口,此外并有新的全集译本正在或即将问世,这为日后的注疏工作打下了坚实的基础。中国古人治学格言:"旧学商量加邃密,新知培养转深沉。"时至今日,中国汉语学界的西学研究渐入"加邃密"和"转深沉"之佳境,而莎士比亚戏剧与诗歌作品的注疏——或者说以注疏为中心的翻译和研究工作——也该提上今天的工作日程了。

有鉴于此,我们准备发起"莎士比亚研究"丛书,以为"为王前驱"、拥彗清道之"小工"。丛书将以注释和翻译为主,后者重点译介 20 世纪以来西方特别是英语世界中的莎学研究名著,兼顾文学、思想史、政治哲学、戏剧表演等研究领域和方向,从 2021 年起陆续分辑推出。至于前者,即"莎士比亚注疏集"(以下简称"注疏集")部分,编者也有一些原则性的先行理解和预期定位,敢布衷怀于此,并求教于海内方家与学界同仁。

首先,在形式方面,注疏集将以单部作品(如《哈姆雷特》或《十四行诗集》)为单位,以朱生豪等人译本为中文底本,以新阿登版(兼及新牛津版和新剑桥版)莎士比亚注疏集为英文底本(如果条件允许,也会参考其他语种的重要或权威译本),同时借鉴具有学术影响和历史意义的研究成果,既入乎其内又出乎其外地对之进行解读——事实上这已触及注疏集和文学解释乃至"解释"本身的精神内容,而不仅是简单的形式要求了。

所谓"入乎其内又出乎其外",首先要求解释者有意识地暂时搁置或放下一切个人意志与成见而加入莎士比亚文学阐释传统这一不断奔腾、历久弥新的"效果历史"长河。其次是进入莎士比亚文学的传统:作为"一切时代的灵魂",莎士比亚关注的是具体情境中的普遍人性,即便是他政治意味相对明显的英国历史剧和罗马剧也首先是文学文献而非其他(尽管它们也可用于非文学的解读)。第三是进入"中国",即我们身为中国人而特有的审美感受、历史记忆、文化经验和问题意识,因为只有进入作为"西方"之他者的"中国",我们才有可能真正走出西方中心主义的自说自话而进一步证成莎士比亚文学的阐释传统。

以上所说,只是编者的一些初步想法。所谓"知难行易",真正实现谈何容易!(我在此想到了《哈姆雷特》"戏中戏"中国王的感叹:"Our thoughts are ours, their ends none of our own.")蒙华东师范大学出版社六点分社倪为国先生信任,本人忝列从事,承乏主编"莎士比亚研究丛书"。自惟瓦釜之才,常有"抚中徘徊"、"怀隐忧而历兹"之感,但我确信这是一项有意义的事业,值得为之付出。昔人有言:"锲而不舍,金石可镂。"(《荀子·劝学》)请以二十年为期,其间容有小成,或可留下此在的印迹,继成前烈之功并为后人执殳开道。本人愿为此前景黾勉努力,同时祈望海内学人同道惠然肯来,共举胜业而使学有缉熙于光明——为了莎士比亚,为了中国,也是为了方生方逝的我们:

> 皎皎白驹,在彼空谷。
> 生刍一束,其人如玉。
> 毋金玉尔音,而有遐心。

There lies the port; the vessel puffs her sail:
'Tis not too late to seek a newer world.
Our virtues lie in the interpretation of the time.
*Multi pertransibuntet augebitur scientia.*

张沛

2021 年 9 月 4 日于昌平寓所

# 目　录

# 序

本书初稿完成于 2020—2021 学年秋季学期最后一堂课的前夜。它是我阅读莎士比亚戏剧《麦克白》的心得，也来自我讲授本科生《莎士比亚戏剧》和研究生《莎士比亚研究》的讲义。在授课过程中，我们通过对剧本进行细读和分析，并将文学理论与经典赏析相结合，讨论莎剧的思想内容、表演形式和艺术特色，探索文学与历史的互动关系。莎剧虽然写于四百年之前的英国，但我相信人类的天性相通，而人类所面临的问题诸如战争、谋杀、贪婪、恐惧等数百年来恐怕并未改变，人心之爱、痛、好奇的探索和难平的纠结并未改变，人生之美好与复杂的种种"并置"（并置也是《麦克白》的一大语言特色）没有改变——从这个意义上讲，阅读和阐释莎剧便是有意义的。

《麦克白》不是我最喜欢的莎剧，却是上课最常讲的剧。之所以选择这出剧，一是因为《麦克白》作为莎士比亚的四大悲剧之一，语言生动，风格鲜明，具有不可替代的文学价值，值得反复诵读；二是因为它是单线故事，篇幅不长,但剧情精彩,容易激发学生兴趣,帮助初学者更快地走进莎士比亚的世界;三是它虽简短,却涉及女巫审判、火药阴谋(Gunpowder Plot)、英苏成为共主邦国(Union of the Crowns)等诸多历史事件,可以引据多重材料深入讲解文学与历史的关系,引导同学思考文学对历史书写、国家建构等的意义和文学在"文学性"之外的价值;四是在这部被爱德华·道顿誉为"精神危机"阶段的代表作品中,莎翁以他对人性和人类弱点的深刻洞察创造出了麦克白这个经典形象,刻画出罪恶对于犯罪之人的强大反噬力量。如今,我们总说要智商、情商"双商在线",但"德商"(morality intelligence)是否被我们足够重视? 如何平衡野心与荣誉、内心的欲望与外在的道德法则? 人生的真正意义何在? 我想,麦克白夫妇的经历值得每一个人思考。

由以上四点出发,本书对《麦克白》的注疏主要涵盖以下三方面内容:一是语言类注疏,包括经典台词和重要词汇的英文原文注释,其中或有译文不对应之处,也一并列出,供对莎剧原文有兴趣的读者参考;二是历史类注疏,即莎士比亚时期的政治、历史、社会、法律等背景知识供读者参照,将《麦克白》放置于詹姆斯一世时期英国历史的视野之下,加深对剧情的理解;三是戏剧类注疏,因莎士比亚戏剧从"舞台演出"的角度而非"文学文本"的角度思考《麦克白》,想象它在莎士比亚的环球剧院和多国家、多语言的现代剧场中是如何呈现的,或可有不同收获。

本书所选莎剧译本为朱生豪译本，即：威廉·莎士比亚：《莎士比亚全集》，朱生豪译，北京：人民文学出版社，1994年；部分参考了梁实秋译本，即：威廉·莎士比亚：《莎士比亚全集》，梁实秋译，台北：远东图书公司，1991年；本书所引莎剧原文为"阿登第三版"《麦克白》（William Shakespeare，*Macbeth*，eds. Sandrea Clark and Pamela Mason，The Arden Shakespeare，3$^{rd}$ ser.，gen. eds. Richard Proudfoot，Ann Thompson，and David Scott Kastan，Bloomsbury，2015），引用原文时按行数标记（如"第一幕第三场第七行"标记为"1. 3. 7"）；引用其他版本莎剧文本时，将专门注明。本书所引诗作、散文、评论、史料、法律条文等，如非特别注明译者，均为笔者翻译。

本书得以完成，首先要感谢张沛教授邀请我参加"莎士比亚注疏集"的工作。张沛老师的为人、学术造诣和学术理想令我敬佩，能参与这项工作，于我既是对过去研究和教学工作的总结，也是提醒我不忘初心、继续学习的过程。感谢我的工作单位——北京理工大学外国语学院的领导给予我充分的授课自由，李京廉教授、张剑教授等前辈老师鼓励我通过翻转课堂、研讨式教学、戏剧表演等多种授课形式，探讨教学的多种可能性，活跃课堂气氛，分享知识、引导学生思考。我的导师程朝翔教授对学问的纯粹追求和从不抱怨的人生态度一直激励我前行，希望我在教学中也能传递出老师的治学精神之一二。最后，我深深感谢选修本科专业课《莎士比亚戏剧》、本科通识课《莎士比亚戏剧赏析与实践》和研究生专业课《莎士比亚研究》的同学们——很荣幸,三门课自开设以来一直受到同学们的欢迎,这本书亦离不开课堂上大家提出的一个个有趣的问题,离不开大家热情的参与,离不开大家对生活、对自我的坦诚剖析与真诚分享。写下本段文字之时,我的眼前又浮现出那些闪耀着智慧火花的课堂辩论片段,浮现出同学们专注的眼神和富有创意的舞台演绎。作为老师,我何其有幸。我将本书献给你们——我的学生们,并深深感谢和你们共度的每一刻时光。

感谢本书责任编辑古冈老师的辛勤工作,古冈老师耐心、专业的编校使得本书得以稳妥顺利的出版。本书部分成果正式发表于《外国文学评论》、《国外文学》、《社会科学研究》等期刊和《莎剧中的童年与成长观念研究》(徐嘉著,外语教学与研究出版社,2015),编辑老师和审稿专家提出了极富洞察力和建设性的修改意见,在此一并感谢。由于本人学识所限,本书若有不当之处,恳请各位读者不吝批评指正。

徐 嘉

2022 年 4 月于北京

# 引　言

## 创作时间

现今最常见到的《麦克白》是 1623 年出版的第一对开本(First Folio),但它的实际写作和演出时间应该更早。威尔逊(J. Dover Wilson)认为该剧应该写于 1601 年,阿登第二版《麦克白》的主编肯尼思·缪尔(Kenneth Muir)推断,该书可能作于 1603—1066 年之前,即 1603 年詹姆斯登基之后的数年之间,并曾在宫廷演出。但缪尔也承认,大多数学者认为,由于该书数次暗指 1605 年的火药阴谋(Gunpowder Plot),所以写作时间应该在 1605 年之后,而根据记录,国王供奉剧团(King's Company)于 1606 年 8 月 7 日曾在詹姆斯一世的宫殿内演出过该剧。一位名叫西蒙·弗曼(Simon Forman)的医生也记录过,他曾于 1611 年 4 月 20 日在环球剧院看过《麦克白》,佐证该剧作于 1611 年以前。

## 素材来源

《麦克白》主要取材自霍林斯赫德(Raphael Holinshed)《编年史》(*Chronicles*)的"苏格兰史"部分,并可能参考了博伊斯(Hector Boece)的《苏格兰编年史》和布坎南(George Buchanan)的《苏格兰史》(1582)。①《麦克白》对《编年史》主要做过以下几处修改:

第一,删去了麦克白对王位的合法继承权。根据霍林斯赫德的记述,麦克白有权继承王位,因为"按照王国旧法,若是王子年幼无法掌权,最近的血亲将继承王位",②但在《麦克白》中,邓肯直接将王位传于马尔康,麦克白的正当理由被忽略了。第二,删去了麦克白的正直统治。霍林斯赫德笔下的麦克白在位十年都是好君主("ten yeares in equall justice"),③十年后开始暴政,一共在位 17 年;④而莎士比亚让麦克白一上台就成为暴君。第三,霍林斯赫德记载,邓肯性格软弱温和,不善赏罚,后期政局混乱动荡,⑤他的统治软弱懒惰("feeble and sloth-

---

① 关于莎士比亚改编《麦克白》的主要素材的讨论,可见 William Shakespeare, *Macbeth*, ed. Kenneth Muir, 莎士比亚作品解读丛书,英文影印插图版,北京:中国人民大学出版社,2008 年,第 37 页; Geoffrey Bullough, *Narrative and Dramatic Sources of Shakespeare*, London:Routledge, 1973, Vol. 7, pp. 421—457。

② Raphael Holinshed, *Holinshed's Chronicles of England, Scotland and Ireland*, ed. Henry Ellis, New York:AMS Press, Inc., 1808, Vol. 5, p. 269.

③ Raphael Holinshed, *Holinshed's Chronicles of England, Scotland and Ireland*, ed. Henry Ellis, New York:AMS Press, Inc., 1808, Vol. 5, p. 271.

④ Raphael Holinshed, *Holinshed's Chronicles of England, Scotland and Ireland*, ed. Henry Ellis, New York:AMS Press, Inc., 1808, Vol. 5, p. 277.

⑤ Raphael Holinshed, *Holinshed's Chronicles of England, Scotland and Ireland*, ed. Henry Ellis, New York:AMS Press, Inc., 1808, Vol. 5, p. 265.

full administration of Duncane")。① 而莎士比亚将邓肯塑造成为一个优秀的君王,连麦克白都承认邓肯"政治清明"(clear in his great office)(1.7.18)。第四,删去了霍林斯赫德的历史记录中班柯一切听从麦克白,并作为麦克白同党参与谋杀邓肯的情节。② 在《麦克白》中,麦克白承诺要给班柯"荣华"("make honor" for him),但班柯并未领会到 honor 所指的"荣华富贵"含义,而是将之理解为"内心的高贵"(internal honor),坚持要保证自己行为和目标的清白(2.1.26—29)。第五,强化了巫术主题。霍林斯赫德提到麦克白"学过一些巫术",③而且预言麦克白会当王的,只是"三个外表怪异狂野的女人,很像远古的生物"(three women in strange and wild apparel, resembling creatures of elder world),④她们"也许是命运三女神,或许是宁芙或小仙女,带着从冥界处得到的隐秘知识",⑤班柯也肯定她们是女人,不是女巫(what manner of women are you)。⑥。但在莎士比亚笔下,这三个女人却变

① Raphael Holinshed, *Holinshed's Chronicles of England, Scotland and Ireland*, ed. Henry Ellis, New York: AMS Press, Inc. , 1808, Vol. 5, p. 269.

② Raphael Holinshed, *Holinshed's Chronicles of England, Scotland and Ireland*, ed. Henry Ellis, New York: AMS Press, Inc. , 1808, Vol. 5, p. 269.

③ Raphael Holinshed, *Holinshed's Chronicles of England, Scotland and Ireland*, ed. Henry Ellis, New York: AMS Press, Inc. , 1808, Vol. 5, p. 274.

④ Raphael Holinshed, *Holinshed's Chronicles of England, Scotland and Ireland*, ed. Henry Ellis, New York: AMS Press, Inc. , 1808, Vol. 5, p. 268.

⑤ Raphael Holinshed, *Holinshed's Chronicles of England, Scotland and Ireland*, ed. Henry Ellis, New York: AMS Press, Inc. , 1808, Vol. 5, p. 269.

⑥ Raphael Holinshed, *Holinshed's Chronicles of England, Scotland and Ireland*, ed. Henry Ellis, New York: AMS Press, Inc. , 1808, Vol. 5, p. 268.

成了三个性别莫辨、可以召唤鬼怪的女巫。第六,莎士比亚详写了麦克德夫妻儿在费辅城堡的对话和被杀,而霍林斯赫德只简略记录道:"麦克白'非常残忍地'(most cruelly)杀掉了麦克德夫的妻子、孩子们以及城堡中能找到的所有人。"①

　　许多学者都讨论过《麦克白》对《编年史》的改动和简化,并认为这些改动、简化不只是为了剧情紧凑的需要。② 一方面,《麦克白》确实篇幅短小——《亨利六世》同为历史剧,内容同样涉及篡位、皇权和僭主,却有上中下三部,而相比之下,《麦克白》只有一部,情节也简化至单线。另一方面,莎士比亚的这种简化让含混、复杂的权力斗争变成了非黑即白、非对即错的道德判断——班柯的形象明显高尚伟大起来,而麦克白则成了谋朝篡位的贼子和滥杀无辜的暴君。诺布鲁克在《麦克白与历史编纂的政治》里,将这种含混的表达方式称作"素材的难度",即处理素材中"对于政体的不同见解"的难度。他指出:莎士比亚必须引用史料作为写作素材,但出于政治目的,他只能引用部分史实,这样做必然会导致某些情节很不正常或自相矛盾。莎士比亚必须做出某些改动,否则这些"难度"就难以避免。③

---

① Raphael Holinshed, *Holinshed's Chronicles of England, Scotland and Ireland*, ed. Henry Ellis, New York: AMS Press, Inc. , 1808, Vol. 5, p. 274.

② William Shakespeare, *Macbeth*, ed. Kenneth Muir, 莎士比亚作品解读丛书,英文影印插图版,北京:中国人民大学出版社,2008 年,第 37—38 页。

③ David Norbrook, "Macbeth and the Politics of Historiography," *Politics of Discourse: The Literature and History of Seventeenth-Century England*, eds. Kevin Sharpe, and Steven N. Zwicker, Berkeley: U of California P, 1987, p. 96.

## "制造"女巫

在莎士比亚时期的英国,人们普遍相信巫术的存在,1592 年,一本关于巫术的小册子《来自苏格兰的消息》(*News from Scotland*)在英格兰广为传播,该书传说是詹姆斯一世所作,莎士比亚据说也看过这本书。1597 年,詹姆斯一世亲自撰写了《恶魔学》(*Demonologie*),描述了女巫的种种恶行,并阐述了判定女巫身份的方法。1604 年的《巫术法令》(*An Act Against Conjuration,Witchcraft and Dealing with Evil and Wicked Spirtis*)扩大了伊丽莎白时期巫术法令的适用范围,将"所有参与召唤、巫术、交鬼或召唤听差精灵"的女巫都定为死刑,巫术从而成为一种重罪(felony)。1590 年至 1592 年,詹姆斯国王亲自参加了北伯威克女巫审判,其间有七十余人受审,多人被烧死。英格兰和苏格兰的女巫审判一直持续到 18 世纪。整个英国和欧洲大陆从君主到民众对巫术的广泛兴趣,吸引了众多戏剧家和作家关注巫术题材。有学者将《麦克白》同《假面女王》(*The Masque of Queenes*)、《浮士德博士》(*Dr Faustus*)、《暴风雨》(*The Tempest*)和现在很少提及的《埃德蒙顿的女巫》(*The Witch of Edmonton*)一起,称为"巫术剧"。

正如艾柯所说,"魔鬼之丑如果获得很好地刻画,魔鬼的形象会变美丽"。[1] 强化巫妖元素,将麦克白塑造为

---

[1] 翁贝托·艾柯,《丑的历史》,彭淮栋译,北京:中央编译出版社,2012年,第 20 页。

无力挣脱命运枷锁、只能感叹"明天、明天、明天"(5.5.
19)的"行走的影子"(23),给麦克白增添了一抹迷人的
悲剧英雄色彩;而詹姆斯一世时期盛行的种种魔法与巫
术,也给那个时代增添了一份神秘和魅惑。强化巫术主
题的危险则在于:一方面,它淡化了麦克白的主观能动
性,让麦克白完全沦为命运的傀儡,是对麦克白罪责的洗
白;另一方面,用命运的恶意来解读麦克白的悲剧,实际
上也是对人类社会不负责任的表现——这等于忽略了所
有的文明和文化价值冲突,让女巫成为了现实政治问题
的替罪羊。这种以超越空间、时间与政治内涵的超自然
力量来代替政权更迭、历史演变的问责,无异于一场偷梁
换柱式的政变。

那么,女巫是如何"制造"出来的? 学界普遍认为,
在早期现代英国,巫术不是人们的想象,而是现实生活的
一部分,《麦克白》对三女巫的制造,同样与早期现代英
国的政治、文化和社会生活相关。根据早期现代英国的
女巫审判记录,能够召唤"听差精灵"(familiar)是判定女
巫身份的一项重要标志。《麦克白》中的三女巫一开口
便提到"灰猫"(Graymalkin,1.1.7)和"蟾蜍"(Paddock,
1.1.8),直接暴露了她们的女巫身份。"听差精灵"被认
为是英国巫术最独特之处,[①]这在詹姆斯一世的《恶魔
学》(Daemonogie)和斯考特的《巫术的发现》(Discoverie of

---

① 基思·托马斯,《巫术的兴衰》,芮传明译,上海:上海人民出版社,1992
年,第444页。

*Witchcraft*)中均得以印证。1566 年的一起妖巫审判就提到了用于邪恶目的的听差精灵———一只撒旦猫的出现；在 1604 年的女巫审判中，与猫、狗、蟾蜍、猿猴等动物相伴出现，成为了辨别女巫的重要标志；而在 1579、1613、1682 年的多起妖巫案件中，都频繁出现过一些类似动物的精灵，猫、狗和蟾蜍正是其中最常见的三类。① 在莎士比亚的历史剧《亨利六世》(上)中，贞德行巫妖之术的一大证据就是她以自己的血液供养听差精灵，"众位熟识的精灵们( ye familiar spirits)……我以前用我的血供养你们"(《亨利六世》(上)5.3.10—14)。愈演愈烈的女巫审判，与《麦克白》、《浮士德博士》、《暴风雨》和《埃德蒙顿的女巫》等层出不穷的"巫术剧"，模糊了现实与戏剧、真实与虚构、证据与幻象的区别，推动巫术成为了一种强大而现实的力量。

但仔细观察，我们可以发现：这些"听差精灵"其实大都是人们日常豢养的家畜和常见的小动物。事实上，所谓的"听差精灵"可能是"孤独老妇所拥有的唯一朋友，而给它们取的名字也不过表明了其感情深厚的关系"；而另一条常见控告———女巫的夜间聚会可能也不过是"流浪乞丐群"的集体活动，他们"替别人挤牛奶，集体睡在谷仓或户外，晚上以吹笛和跳舞自娱"。② 让人唏

① 蒋焰，《试论近代早期英国巫妖信仰中的"听差精灵"》，《武汉大学学报(人文科学版)》2007 年第 1 期，第 114—115 页。

② 基思·托马斯，《巫术的兴衰》，芮传明译，上海：上海人民出版社，1992 年，第 392—393 页。

嘘的是,对女巫的想象大都远超女巫们的实际生活境遇。《麦克白》中三女巫围着坩埚跳舞、召唤恶灵的场景,从未在真实的英国社会出现——1591 年苏格兰的女巫审判记录从未出现坩锅的使用;在《来自苏格兰的消息》(*Newes from Scotland*)中也并未出现女巫的埚;同时期的其他几部"巫术剧"也是如此。事实上,只有欧洲大陆的女巫才使用坩埚,而贫穷的英国女巫很少能买得起锅,她们施展魔法往往只使用牡蛎壳。①

穷、老、丑本来只是相对的特征,却被早期现代英国社会塑造为病态、邪恶的标记,乃至被贴上了反人类的标签。在英国乡村,很多寡居的老妇人由于生活贫困,经常会挨家挨户上门乞讨,"他们惯于从这家到那家,从这户到那户地讨一壶牛奶、酵母、饮料、菜汤或这类救济品,没有这些,她们就很难活下去"。② 这些孤苦伶仃、衣衫褴褛、有的还口齿不清的老太婆大多无儿无女,不属于任何的团体和组织,她们以乞讨为生,容易招致乡民反感,于是被有意或无意地和"被黑化"③的小动物绑在一起,塑造成邪恶的代言人——尤其是当她们表现出所谓"女性不宜"的行为,"如不愿结婚、年老、脾气暴躁,特别是滥

① Edward H. Thompson, "Macbeth, King James and the Witches", *Conference on "Lancashire Witches - Law, Literature and 17ᵗʰ Century Women" in the University of Lancaster in December*, 1993, http://www. faculty. umb. edu/gary_zabel/Courses/Phil% 20281b/Philosophy% 20of% 20Magic/Arcana/Witchcraft%20and%20Grimoires/macbeth. htm.
② 基思·托马斯,《巫术的兴衰》,芮传明译,上海:上海人民出版社,1992年,第 428 页,第 429 页。
③ 跟班精灵通常都是黑色或灰色的,很少有彩色的。

交"时。① 在《巫术的兴衰》中,基思·托马斯考察了巫术和邻里关系的重要关系,指出"妖巫是地方社区为了社会一致性而一直进行的讨伐战争所反对的怀有敌意的人之中的极端例子"。② 另有学者考察了纳尔斯伯勒森林(Knaresbourgh Forest)等地的女巫状况,发现很多妇女承认乃至宣称自己是女巫,仅仅因为魔法是她们在村庄和社区获得物质收入和精神尊重的唯一途径,对那些未婚的老妇人来讲,就更是如此。③ 换言之,巫术已成为女性权力斗争的一种手段。这些没有任何社会资源的老妇人本应是同情、救济的对象,却被异化成强大、疯狂、难以控制的邪恶代言人,被规避、闪躲、追捕、审判,直至毫不留情地剪除出人类社会。

伊格尔顿认为,《麦克白》中的三女巫是"这个迷狂社会的流放者",认为她们是"对任何可能的社会秩序的威胁"。④ 但若注意到听差精灵不过是常见的家畜、三女巫只是被剥夺了人性、披上魔鬼外衣的普通妇人,那么"制造女巫"这一行为本身就是极大的邪恶,因为它本质上是一场发生在文明社会的同类相残,是一群人对另一群无力为自己言说的弱者和他者的暴政。基思·托马斯清醒地意识到,"几乎没有一件案例中妖巫的社会地位

---

① Stephanie Irene Spoto, "Jacobean Witchcraft and Feminine Power", *Pacific Coast Philology*, Vol. 45 (2010), pp. 53—70: 58.

② 基思·托马斯,《巫术的兴衰》,芮传明译,上海:上海人民出版社,1992年,第398页。

③ Stephanie Irene Spoto, "Jacobean Witchcraft and Feminine Power", *Pacific Coast Philology*, Vol. 45 (2010), pp. 53—70: 67.

④ 特里·伊格尔顿,《论邪恶·恐怖行为忧思录》,林雅华译,长沙:湖南人民出版社,2014年,第118页。

是高于受害者的"、"妖巫基本上都是贫民",感叹"妖巫及其受害者基本上是应该和睦相处的两类人,但他们没有这样做",①巫妖案件的控辩双方大多同属一个阶层、一个社区,他们本应相互同情、理解包容,却滋生出重重敌意,成为敌对的双方,正是因为社会没有提供正当的矛盾纾解渠道。于是,人们将敌意和戾气投射到外部,虚构出一种不可知、不可抗拒、不可解决的邪恶,这种邪恶势力就潜伏在人们周围,时刻准备着向人类社会发动攻击,想要毁灭人类的美好生活,这也反映出人们对自身境遇的深深焦虑。

需要指出的是,女巫的形象早就在英国出现了,却直到都铎王朝后期才在英国广泛传播开来,成为一种贯穿政治、律法、文化的社会现象。托马斯认为,在伊丽莎白即位后的 120 年里,英国的妖术控告尤为严重,是因为"巫妖乃魔鬼崇拜者"的欧洲大陆观念于 16 世纪大量输入英国,并借助印刷术的发明迅速传播,成为"诸罪之中的最大罪行"。② 英王詹姆斯一世对巫术的兴趣和利用,同样推动了英国巫术的兴起。如《麦克白》中三女巫一出场就电闪雷鸣,影射了 1589—1590 年詹姆斯一世(当时的苏格兰王詹姆斯六世)迎娶安王后(Anne of Denmark)几次遭遇海上风

---

① 基思·托马斯,《巫术的兴衰》,芮传明译,上海:上海人民出版社,1992年,第435页。

② 基思·托马斯,《巫术的兴衰》,芮传明译,上海:上海人民出版社,1992年,第311页。

暴的经历,当时詹姆斯归咎于苏格兰的巫师制造风暴,妄图谋逆,博斯维尔伯爵五世被指参与其中。[①] 1597 年,詹姆斯六世亲撰《恶魔学》(*Daemonologie*),阐述了判定女巫之法,并将巫术视作对基督教的一大威胁。于是,女巫不仅是对某些人或某些群体的人身财产威胁,也成为了对整个社会安全的威胁。在社会危机严重的女王统治后期和詹姆斯一世前期,巫术恐慌往往又夹杂着对女王的继承人问题、英格兰和苏格兰的合并问题和火药阴谋等诸多社会问题和恐怖事件的焦虑,尤其是 1603 年詹姆斯一世继位后,根本无力解决都铎王朝遗留下来的众多社会经济问题,更进一步加剧了都铎后期已经开始的王权与议会的冲突。于是,将种种社会危机归咎于女巫,便成为了这一时期社会生活的持续主题。[②]

麦克白夫人常被认为是女巫的化身,即《麦克白》中的"第四个女巫"。若将"听差精灵"纳入麦克白夫人的形象构建中,我们会把这一点看得更为清楚。听到邓肯要来城堡,麦克白夫人发出了如下召唤:

来,注视着人类恶念的魔鬼们!
解除我的女性的柔弱,用最凶恶的残忍

① Anthony Harris, *Night's Black Agents: Witchcraft and Magic in Seventeenth-Century English Drama*, Manchester: Manchester UP, 1980, pp. 40—43.
② 徐煜,《论英国斯图亚特王朝早期的宪政斗争》,《武汉大学学报》(人文科学版),2009 年 5 月,第 363 页。

自顶至踵贯注在我的全身。(1. 5. 40—43)

麦克白夫人的独白由三个以 come / come to / come 开头的祈使句组成,三句话结构重复,并在内容上逐层递进。此处麦克白夫人召唤的 spirits 即是听差精灵(familiar spirits)。《恶魔学》将听差精灵的出现方式分为三种:一是精灵主动找到妖巫(通常次妖巫处于精神压力之下而易受诱惑),二是通过与魔鬼的某种契约和交易来获得"召唤精灵/听差精灵";第三种是通过家族继承或赠与。按照这种划分,麦克白夫人可能采取的是与召唤精灵直接交易、达成契约的方法——女巫召唤这些精灵为自己服务,而作为为妖巫服务的报偿,召唤精灵在执行任务之前或之后可以从妖巫身体的某一部分吸血。

麦克白夫人的台词中出现了很多与"哺乳"有关的意象。当麦克白夫人呼唤"杀人的助手"(murd'ring ministers)时,她用了"乳房"(breast)、"乳汁"(milk)等词汇,并要求把她的乳汁作为/变为胆汁,考虑到早期现代英国人对于乳汁本质的认识——如 1596 年的一本小册子《健康之所》(*Haven of Health*)所言,乳汁不过是血液的另一种形式——麦克白夫人也与魔鬼达成了豢养"血盟"。事实上,英国巫妖崇拜后期,听差精灵也被认为会在女巫的乳房或生殖部位吸血。

威尔伯·桑德斯(Wilbur Sanders)、理查德·赫恩比(Richard Hernby)等学者认为麦克白夫人召唤精灵到她的怀里来,也有召唤情人的意味,①这与欧洲大陆妖巫信仰中的"魔鬼契约"类似,即魔鬼与巫妖之间存在两性关系。相比而言,两性关系对缔结魔鬼契约上要比血盟更有意义,因为这象征着妖巫已经将自己的身体献给了魔鬼。

## 何谓"叛国"

莎士比亚对"叛国"本质的质疑几乎暗藏在剧本的每一个角落,似乎他不愿直言,又不愿只字不提。首先,麦克白为国王平叛,被邓肯赞为"英勇的表弟!尊贵的壮士"(1.2.24),但剧终国王麦克白自己出马平叛,却被马尔康斥为"已死的屠夫"(5.9.35)。亚瑟·基尔希(Arthur Kirsch)同情地评论道:"莎士比亚的其他主要主人公全都没有过这样的墓志铭。"②同为平叛,是什么决定了这样的天壤之别? 又是谁决定了评价的价值取向? 艾伦·辛菲尔德指出,《麦克白》剧主题乃是邪恶,具体来说,是"经国家权力认可合法的暴力和未经其认可的暴力",即"顺应权力绝对意志的暴力为善,忤逆权力意

---

① 关于麦克白夫人呼唤魔鬼(spirits)的性暗示,可见 Richard Hornby, "New Life on Broadway," *The Hudson Review* 41. 3 (1988): pp. 512—518: 515. 又见 Wilbur Sanders, *The Dramatist and the Received Idea*: *Studies in the Plays of Marlowe and Shakespeare*, Cambridge: Cambridge UP, 2010, p. 268。

② Arthur Kirsch, "Macbeth's Suicide", *ELH*, Vol. 51, No. 2 (Summer, 1984), pp. 269—296: 269.

志的暴力为恶,现代国家发展中至关重要的正是对合法性暴力的垄断性占有"。① 在莎士比亚笔下的苏格兰,暴力成了一种被垄断的权力,道德的意义经受了双重的考验,善恶对立看似明显,实际上却与女巫生存的超自然世界并无本质区别。这一切困惑都隐藏在"正义战胜邪恶"的旗帜之下,让人不安,却又不知从何说起。

其次,该剧始于叛乱,亦终于叛乱。开场时,麦克唐华德"征调了西方各岛上的轻重步兵"(1.2.12—13)发动叛乱,挪威国君"看见有机可乘"、"调了一批甲械精良的生力军又向我们开始一次新的猛攻"(1.2.31—33),"最奸恶的叛徒考特爵士"(1.2.53—54)也乘机参与进来,可谓一场叛乱未平,另一场叛乱又起。而当叛乱终于平定,拨乱反正的功臣麦克白又发动了新的叛乱。从某种程度来讲,该剧剧终无非是又一场叛乱——只不过国王换成了麦克白,叛国者换成了邓肯的儿子。即便在平叛之后,该剧亦陷入了新的危机——开场女巫三拜麦克白,换成了剧终众人三拜马尔康。这样的安排,引发了两点疑问:首先,如果邓肯真如麦克白所说的"政治清明",那么《麦克白》剧开场为何会出现苏格兰内外交困、战争四起的险境? 其次,马尔康取代麦克白成为新的苏格兰王,能否彻底解除国家的混乱状况? 有意思的是,在罗曼·波兰斯基改编的血腥戏剧《麦克白》(1971)结尾,邓

---

① 艾伦·辛菲尔德,《〈麦克白〉:历史、意识形态与知识分子》,黄必康译,《国外文学》,1998年4期,第41页。

肯的另一个儿子、马尔康的兄弟道纳本也和麦克白一样走进黑暗森林寻找三女巫，预示着一场新叛乱的开始。

再次，马尔康讨伐麦克白的合法性也值得怀疑。第一，邓肯提名马尔康为王储，明显违背了凯尔特人的轮流继承制（tanistry）①，忽视了麦克白对王位的合法主张。②第二，正如大卫·斯科特·卡斯坦提及，尽管麦克白是篡位为王，但他仍是一位受膏的国君，按照詹姆斯《自由君主制的根本大法》（The *True Law of Free Monarchies*，1598）中提出的无条件服从君主原则——"无论国王是否邪恶，都不能由那些受他审判之人来审判"，③马尔康必须服从麦克白的统治，他的起兵本质上等同于叛国。第三，流亡英国的马尔康为试探麦克德夫的来意，故意诽谤自己，将谎言和隐瞒用作维护君主统治的武器，尤其提出君主因荒淫无道而"叛国"的可能性，质疑了神圣君主的存在。正如瑞贝卡·莱蒙（Rebecca Lemon）所言，这一幕极具悲剧性，因为它表明"只有通过使用叛徒的手段，国王才能战胜苏格兰重重雾霾的荒野"。④

里德（B. L. Reid）指出，"《麦克白》是一个罪与罚的

---

① 凯尔特家族的轮流继承制将继承权授予同宗中年纪最大、最受尊敬、最有才能的人，而不考虑近亲与否，在实际运作中，继承权往往由家族中能力最强者获得。

② 大卫·诺布鲁克，《〈麦克白〉与历史编纂的政治》，《莎士比亚戏剧与政治哲学》，彭磊选编，北京：华夏出版社，2011 年，第 174 页，第 187 页。

③ David Scott Kastan, *Shakespeare After Theory*, London：Routledge, 1999, p. 177.

④ Rebecca Lemon, "Scaffolds of Treason in *Macbeth*", *Theatre Journal*, Vol. 54, No. 1, Tragedy (Mar. , 2002), pp. 25—43：42.

故事,讨论的是失去和重获恩典"。① 但这个观点忽略了
《麦克白》里隐藏的一处重要置换——虽然正义战胜了
邪恶,叛国之罪得以清算,但邓肯的子嗣并未重掌王权,
反而是班柯的后代得到了王位,从这个角度说,这同样是
一种"叛国"。乔治·华尔顿·威廉姆斯(George Walton
Williams)指出,很明显,班柯是詹姆斯的祖先,莎士比亚
想要以此取悦詹姆斯一世,但将班柯的故事插入麦克白
的传说、并将班柯置于首要和突出地位的根本原因在于,
詹姆斯和班柯同属斯图亚特家族,詹姆斯一世想强调他
的斯图亚特血统。② 的确,詹姆斯"重新温和而非暴力
地"看待王位继承权,正如他和平继承王位那样,"都是
后来的事"。伊丽莎白后期曾出现十几个人宣称拥有王
位继承权,如斯图亚特夫人、格雷、德比伯爵和西班牙国
王腓力普二世(或他的女儿),追溯起来,他们都是亨利
七世的后人。③ 强调斯图亚特血统,即苏格兰国王詹姆
士四世与英格兰亨利七世女儿的后代,正是詹姆斯作为

---

① B. L. Reid, "*Macbeth* and the Play of Absolutes", *The Sewanee Review*, Vol. 73, No. 1 (Winter, 1965), pp. 19—46: 19.

② 这个"明显"答案的疑点在于,邓肯和马尔康也是詹姆斯的祖先——詹姆斯宣称自己是公元前330年繁荣一时的苏格兰第一任国王弗格斯一世(King Fergus I)的皇室后裔,詹姆斯是弗格斯的第108代后裔,马尔康是第86代后裔,邓肯是第84代后裔——如此说来,邓肯的鬼魂也可以建构祖先的合法性,且比班柯的鬼魂更具报应感,也更贴近历史。[见 George Walton Williams, "*Macbeth*: King James's Play", *South Atlantic Review*, Vol. 47, No. 2 (May, 1982), pp. 12—21: 18—19.]

③ 柯兰德(Stuart M. Kurland), "《哈姆雷特》与苏格兰继承权?",《丹麦王子与马基雅维利》,罗峰编/译,北京:华夏出版社,2011年,第58—62页。

外国人继承英国王位、弥合苏格兰和英格兰的关键。于是,谋杀国王变成了次要情节,谋杀班柯却反而占据了国王应有的核心位置;班柯的鬼魂重返盛宴,将麦克白从王位上推了下来,而邓肯的鬼魂则被偷偷置换出舞台中心,成为了一个游荡在戏剧边缘的孤魂野鬼。这样的"选择"祖先、"纠正"血统,同样是一场背叛。

年老、丑陋、穷困的妇女被"制造"为女巫;无能的邓肯被"流放"在历史之外;盘根错节的现实政治问题被简化为合法性问题,乃至仅仅"叛国"问题……伊丽莎白一世后期和詹姆斯一世时期的英国人不断寻找政权更迭、国家纷争的替罪羊,却始终未能让国家重获新生。凯士纳斯道:"为了拔除祖国的沉疴,让我们准备和他共同流尽我们的最后一滴血。"(5. 2. 27—29)但《麦克白》中所呈现的却并非治愈的良药,只是掩饰过去的贴布。历史中的麦克白一个接一个地被杀死,邓肯子孙的王位被偷偷置换,超自然的女巫如泡沫般"好像有形的实体融化了似的,如同呼吸融入了风中"(1. 3. 81—82),他们都是被建构的替罪羊,只不过一个不断重复被杀死的命运,一个永远游荡在应有的王位之外,一个被装扮成若隐若现、不可言说的超自然力量。在他们被封口、被驱逐、被制造的背后,亦隐藏着极大的恶。

## 虚无人生与超然政治

《麦克白》剧始于一片荒原,没有人类活动的痕迹,

更没有人类社会的等级和秩序。伴随着电闪雷鸣，三女
巫出场，讨论起何时见面：

> 女巫甲　　何时姊妹再相逢，
>
> 　　　　　雷电轰轰雨蒙蒙？
>
> 女巫乙　　且等烽烟静四陲，
>
> 　　　　　败军高奏凯歌回。(1.1.1—4)

模糊的时间，再加上以 and 连接"败军"和"凯歌"(lost
and won)反义词，好似胜败就在一线之间，如同游戏一
般。随后，女巫唱起"美即丑恶丑即美"(1.1.11)，系动
词 is 直接连接起两个形容词 fair 和 foul，毫无时间、地点
和条件限定，又理直气壮地蔑视了美、丑之分。更值得一
提的是，三女巫是挽着手、转着圈说出这几句台词的，①
她们的身体姿态同样构成了一个闭环，似乎胜与败、美与
丑不仅区别不大，还可循环转化，探究它们之间的区分标
准不仅没有必要，而且没有意义。

　　模糊不清乃至自相矛盾的措辞也将超自然世界的混
沌与人类世界联结起来。第一幕第二场，邓肯首先使用
了女巫的词汇，"他所失去(lost)的，正是高贵的麦克白
所赢得(won)的"(1.2.69)。麦克白一出场，一开口也直
接是"美"和"丑"的并置，"我从来没有见过这样阴郁

---

① 第一幕第三场女巫的台词"姊三巡，妹三巡，三三九转蛊方成"显示，三
　女巫是转着圈出场的。

(foul)而又光明(fair)的日子"(1.3.18)。而第一幕第二场军曹描述起麦克白力挽狂澜,杀死麦克唐华德的场景,更是出现了人称代词"他"(he、his、him)的连续使用:

> 英勇的麦克白……挥舞着他的血腥的宝剑,像个煞星似的一路砍杀过去,直到了那奴才的面前,也不打个躬,也不通一句话,就挺剑从他的肚脐上刺了进去,把他的胸膛划破,一直划到下巴上;他的头已经割下来挂在我们的城楼上了。(1.2.15—23)①

不仅如此,《麦克白》还将原因和结果并置,将过去、现在和未来并置,打破了时间的线性逻辑,让整个世界更加混沌一团。女巫恭称麦克白为"葛莱密斯爵士"、"考特爵士"、"未来的君王"(1.3.49—51),三个称谓的并置看似毫无道理,但从更宏大的视角来看,却并非妄言——她们只是超越了时间的线性逻辑,将不同阶段的未来并置了起来。这样的时间观,倒是符合亚里士多德的循环时间观,即"人类的事情以及一切其他自然涌动和生灭过程的事物都是一个循环……因为时间本也被认为是一种循环"。② 而当麦克白夫人读着麦克白的信件,下定决心"用舌尖的勇气,把那阻止你得到那顶王冠的一切障碍驱扫一空"(1.5.27—30)时,信使刚好上场,带来"陛

---

① 着重号为笔者所加。
② 转引自肖剑,《世俗与神圣:〈麦克白〉剧中的时间》,《中山大学学报》(社会科学版),2017年第4期,第57页。

下今晚到这儿来"的消息,与麦克白夫人的台词构成一个抑扬格五音步,紧凑地就像是一句话由两人分说,一语道出了麦克白夫人的内心隐秘——莫非此时此刻麦克白已经做了"陛下"！同时,麦克白夫人使用的祈使语气也让人想起《圣经·创世记》中的"神说,要有光,就有了光",①只是麦克白夫妇对于创造和永恒的盼望,不过是对神创世界的蹩脚模仿。当邓肯痛心考特爵士的反叛,感叹"世间还没有一种绝技可以从脸上窥透人的心思;他曾经是我绝对信赖的人啊"(1.4.14—15),麦克白这个邓肯此时"绝对信赖"却又无法"从脸上窥透人的心思"的叛徒者正好登上舞台的另一边,接上了后半句话。正反评价的并置,现在与将来的并置,话语表层含义与深层含义的并置,话语和角色的并置,让该剧处于不断的价值冲突和自我质疑之中,没有标准可以遵循,没有前例值得依照,没有真实和想象的区分,没有人类生活和超自然世界的界限,所有人似乎都处于一团黑暗之中,既扑朔迷离,又充满了各种未知的可能。

"所有的存在物,都要被推翻,因为无物有价值。"伊格尔顿借用《浮士德》中梅菲斯特菲尔的话,指出邪恶真正可怕的力量在于摧毁,"对于浮士德来说,任何一种具体所得,最终都必然呈现为虚无,而这正与万物的无限性相反"。② 正如麦克白所说,"流血必须引起流血"(blood

---

① 《圣经·创世记》第 1 章第 3 节。
② 特里·伊格尔顿,《论邪恶·恐怖行为忧思录》,林雅华译,长沙:湖南人民出版社,2014 年,第 94 页,第 98 页。

will have blood,3.4.120），从麦克白产生"谋杀"的念头起，他就陷入了"流血"的循环——他无法停手，接连杀死了班柯、班柯的后人、自己的良心，最后沦为无意义循环的一部分，丧失了人类的情感和为人的意义。战场胜负未分之时，麦克白就宣告了自己虚无主义的未来，感叹起"明天，明天，再一个明天……人生不过是一个行走的影子，一个在舞台上指手划脚的拙劣的伶人……一个愚人所讲的故事，充满着喧哗和骚动，却找不到一点意义"（5.5.19—28）。人生是一场喧哗的闹剧，人的欲望只是虚空和捕风，神创世界时"看着一切所造的都甚好"①变成了"找不到一点意义"。这样的虚无，让人的所有行为都变得没有意义、没有价值，让人类想要改变自己、改变世界的努力，消解为一堆无意义的碎片。虚无之恶，如同黑洞般消解一切、吞没一切，耗尽了人的一切能量，最后却让人"找不到一点意义"。

　　乔纳森·巴尔多（Jonathan Baldo）比较了伊丽莎白一世和詹姆斯一世的执政特点，开玩笑似地评论道："如果说伊丽莎白时期的政治就是扮演'事事参与'（being a part），那么詹姆斯一世时期的政治特点则是扮演'不闻不问'（being apart）……詹姆斯超然物外；对他来讲，光看看就够了。"②但事实上，面对年老无嗣的伊丽莎白女王和即将空出的英格兰王位，詹姆斯并非没有麦克白式

---

① 《圣经·创世记》第1章第31节。

② Jonathan Baldo, "the Politics of Aloofness in *Macbeth*", *English Literary Renaissance* Vol. 26, Issue 3 (September 1996)：pp. 531—560：531.

的"心里卜卜地跳个不停",他只是"显得""毫不费力地"继承了英格兰王位——柯兰德曾隐晦地评论道,"这是后来的事",即詹姆斯的"和平继位"可能只是他继位后对自我形象的重构。1586年,伊丽莎白女王许诺詹姆斯"不会做出任何举动,损害他(詹姆斯)应有的任何权力或头衔,除非他(詹姆斯)忘恩负义,使她(伊丽莎白)不得不采取相反的态度";1601年,伊丽莎白的首席大臣塞西尔开始与詹姆斯通信,劝说詹姆斯耐心等待,不要说或做任何可能疏远伊丽莎白或惊动其臣民的事。但有证据表明,詹姆斯却一直在偷偷地寻求各欧洲首府的支持,甚至曾经卷入过埃塞克斯的阴谋。① 詹姆斯继位后,"叛国"的转化循环似乎仍在继续。第二幕第三场,麦克白城堡的看门人直接提到了火药阴谋的策划者之一——亨利·加内特神父,将麦克白的故事与当时的这一著名事件联系起来。1606年8月7日,《麦克白》在詹姆斯夫妇和来访的丹麦国王克里斯蒂安四世御前上演(后者可能也参与了詹姆斯对女王的暗中背叛②),可能是为庆祝詹姆斯挫败火药阴谋,但同时也显示出《麦克白》剧模棱两可的政治态度。叛国之恶从剧中的麦克唐华德和考特爵士传递到麦克白身上,到背叛女王的埃塞克斯身上,到也曾"心里卜卜地跳个不停"的詹姆斯六世身上,再到企图推翻詹姆斯的盖伊·福克斯(Guy Fawkes)及其同伙身上。

---

① 柯兰德(Stuart M. Kurland),"《哈姆雷特》与苏格兰继承权",《丹麦王子与马基雅维利》,罗峰编/译,北京:华夏出版社,2011年,第58—59页。

② 柯兰德(Stuart M. Kurland),同上。

这种与伊丽莎白时期的表演性截然相反的"超然"姿态,体现在《麦克白》中,叛国之恶从麦克唐华德和考特爵士传递到麦克白身上,不断重复的"叛国"的巨链被置于一个无限循环的混沌世界里,历史止于对过去的无限重复,对意义的追索则变成了一声空洞的诘问,而存在就在这样的质疑和循环中被消解;亦是凶手麦克白对班柯的暗暗称赞,是勃南森林向南移动,是麦克德夫刚好生为剖腹子,是麦克白血腥篡位、极力保住王位而王位后来"毫不费力地"落到了班柯子孙的头上,是莎士比亚一笔带过班柯子孙要当王的预言却不再细写,似在强调詹姆斯继位无关人力,乃是天意,只能服从。从这个角度来讲,《麦克白》的混乱、无序和无意义循环,不仅投射出詹姆斯一世统治前期人们对现实社会的焦虑、无力,还反衬出一个超乎现实、超乎自然也超乎超自然的新君主形象,如史蒂文·穆拉尼(Steven Mullaney)所写:"麦克白编剧技法的关注核心,是詹姆斯一世时期发展起来的专制主义……他的专制主义主张……是以国王的形象为基础的,国王以近神(quesi-divine)视角窥探隐秘,可以辨别难以辨认的面容,判别语意含混的谋逆之言。"①

## 演出《麦克白》:诅咒与现实

《麦克白》充满了对于"不可言说"的指涉。麦克白

---

① Derek Cohen, *Searching Shakespeare: Studies in Culture and Authority*, Toronto: University of Toronto Press, 2003, pp. 125—126.

在杀死邓肯后感叹自己说不出"阿门"（2.2.28—29）、三女巫被麦克白称作"闪烁其辞的预言者"（imperfect speakers, 1.3.70）、麦克白说人生是一个"愚人所讲的故事"（5.5.26），第五幕侍女曾对医生表示"我可不能把她的话照样告诉您"（5.1.16），麦克白夫人在梦游中"说了她所不应该说的话"（45）……种种"不敢说"、"不能说"、"不全说"、"被言说"，让《麦克白》抗拒一切阐释，将对意义的追索牢牢封锁在戏剧自身。

有趣的是，该剧的不可言说不仅跨越了时间，还拓展到剧目之外：该剧的演出史本身也成为了一个"不可言说"却又人人知道的"秘密"——正如剧中医生和侍女所说，"外面有一些谣言"（5.1.68）。直到如今，英美剧院仍流传着一个约定俗成的规定，就是不可说出"麦克白"一词，只可代之以"那个名字"（That name）或"苏格兰王"（the Scottish King），如若不然，剧场和演员就会遭遇厄运。此即著名的"麦克白的诅咒"（the Macbeth curse）。相传该剧的厄运史在约1606年的首演时就开始了。当时，扮演麦克白夫人的演员突然去世，莎士比亚被迫接替他。在17世纪的阿姆斯特丹，演出邓肯被刺一幕时，不知为何道具匕首换成了真的匕首，扮演邓肯国王的演员就在全场观众的注视下被活活捅死了。1947年，饰演麦克白的演员哈罗德·诺曼不相信麦克白的迷信，却在演出了一场战争场景后突然去世。除了演员的死亡，在1721年的林肯因菲尔德剧院和1772年的考文特花园，该剧还引发了观众骚乱。1849年，在纽约阿斯特广场歌剧院（Astor Place Opera

House)的一场演出中,英国演员威廉·查尔斯·麦克雷迪(William Charles MacReady)和美国演员埃德温·福雷斯特(Edwin Forrest)的粉丝相互对峙,而后大打出手,酿成了22人死亡、100多人受伤的惨剧。

据说,林肯在被刺杀前夜,读的也是《麦克白》——而这可能并非谣传。从林肯的书信中,我们知道《麦克白》是他最喜欢的戏剧,在福特剧院被枪杀的前一天,他确实有可能在读《麦克白》。但值得注意的是,林肯在福特剧院观看的戏剧名叫《我们的美国亲戚》,可人们似乎都把《我们的美国亲戚》遗忘了,而《麦克白》却承受了"杀死总统"的恶名。

有人认为,《麦克白》之所以受到诅咒,是因为莎士比亚在三个女巫的对话中使用了真实的咒语,惹怒了真正的女巫。而另一些人则认为,《麦克白》上演了400多年,出点意外也不意外。那么,应该如何打破这个禁忌呢?很简单,就是走出剧院,接着转三圈,再往左吐一口口水,然后或者背诵一句莎剧台词,或者说一句脏话,"麦克白的诅咒"即可破除。

无论如何,正如柯南道尔笔下众所周知却又秘而不宣的邪恶首脑——"莫里亚蒂","麦克白"也成了一个隐喻的符号,而这些传说的故事也给这出戏剧增添了更多神秘感和营销热点,让该剧经久不衰。

1812年,威尔士女演员莎拉·西登斯成功出演了麦克白夫人。1847年,朱塞佩·威尔第的歌剧《麦克白》首演。1888年,英国女演员艾伦·特里扮演的麦克白夫人深入人心,约翰·辛格·萨金特观看了演出,并绘制了著名的麦克白夫人身着金翅羽衣的肖像。1913 年,亚瑟·鲍彻自导自演了该剧的德语默剧版。1957 年,黑泽明的电影《蜘蛛巢城》将《麦克白》移至在封建时期的日本。1967 年,科幻电视剧《星际迷航》选取《麦克白》作为素材。1971 年,罗曼·波兰斯基导演的《麦克白》( 1971 )被认为是一出血腥的悲剧,这可能与波兰斯基的个人经历相关——他的家庭经历了纳粹大屠杀,后来他的妻子又被疯狂的曼森帮虐杀。1976 年,伊安·麦克莱恩和朱蒂·丹契在埃文河畔的斯特拉福镇扮演麦克白夫妇。2003 年,维沙尔·巴德瓦杰导演了印度电影版《马克布勒》,将《麦克白》的背景搬到孟买的黑社会。2004 年的电影《哈利波特和阿兹卡班的囚徒》中,也出现了三女巫齐声念咒的场景。在 2006 年的电影《麦克白》中,导演杰弗里·莱特( Geoffrey Wright) 创造性地将三女巫呈现为性感而堕落的女中学生,这群女生“对暴力和肉欲的热爱与她们天使般的面孔构成了反差”①,富有新意地阐释了“美即是丑,丑即是美”的主题,体现出高度的娱乐性和消费主义特征,但这部电影“将人格化的邪恶等同于妖魔化和高度女性化的女性气质”②,因而毁誉参半。

---

① Matthew Biberman, "Shakespeare after 9/11," *Shakespeare after 9/11: How a Social Trauma Reshapes Interpretation*, ed. Matthew Biberman and Julia Reinhard Lupton, Lewiston, NY: Edwin Mellen, 2011, p. 7.

② Amanda Kane Rooks, "*Macbeth*'s Wicked Women: Sexualized Evil in Geoffrey Wright's *Macbeth*," *Literature/ Film Quarterly*, Vol. 37, No. 2 (2009), pp. 151—160: 151—2.

中国的舞台上也演出不少具有中外影响力的《麦克白》,尤其中国戏曲版《麦克白》是对世界莎剧的一大贡献。1986年4月,上海昆剧团改编的昆剧《血手记》①对原作结构做了彻底改造,但由于对各种外部冲突及人物内在情绪的冲击描写明显不足,将原剧人物的心理活动削弱了。1987年底,台湾当代传奇剧场改编了京剧《欲望城国》②。该剧突破了戏曲舞台限制的传统模式,在表演、服装、布景、灯光和调度等方面都采用了许多现代剧场的表现技法,进行了有益的尝试。但也有学者指出,京剧《欲望城国》中敖叔征的毁灭"是情节剧的、宿命论的,而不是悲剧的",昆剧《血手记》则"把马克白诠释成彻头彻尾、毫不含糊的恶棍",中国版《麦克白》所发生的内质变形引起了人们对其悲剧精神的质疑。③ 1996年,香港金英华粤剧团上演了粤剧《英雄叛国》,该剧唱词优美华丽,舞台灯光运用精彩,以红色光为基调,引起观众对血迹的联想,以写意手法渲染出人物的心理及性格的独特之处。1985年,婺剧小百花东阳演出团的婺剧《血剑》也是近年来颇受好评的中国戏曲版莎剧改编,以传统戏曲为基础,将传统戏剧手法与现代舞台技巧进行了巧妙的融合,受到国内外观众的好评。④

---

① 昆剧《血手记》,改编郑拾风,艺术指导黄佐临,导演李家耀,由上海昆剧团演出。
② 京剧《欲望城国》,改编李慧敏,导演吴兴国,由台湾当代传奇剧场演出。
③ 详见李小林,《野心／天意:从〈麦克白〉到〈血手记〉和〈欲望城国〉》,《外国文学评论》,2010年第1期,第151页。
④ 李伟民,《莎士比亚悲剧〈麦克白〉在中国的传播和影响》,《西北民族大学学报》(哲学社会科学版),2006年第1期,第80—82页。

# 麦克白

### 威廉·莎士比亚

## 剧中人物

---

邓肯　苏格兰国王

马尔康

道纳本　邓肯之子

麦克白

班柯　苏格兰军中大将

麦克德夫

列诺克斯

洛斯

孟提斯

安格斯

凯士纳斯　苏格兰贵族

弗里恩斯　班柯之子

西华德　诺森伯兰伯爵,英国军中大将

小西华德　西华德之子

西登　麦克白的侍臣

麦克德夫的幼子

英格兰医生

苏格兰医生

军曹

门房

老翁

麦克白夫人

麦克德夫夫人

麦克白夫人的侍女

赫卡忒及三女巫

贵族、绅士、将领、兵士、刺客、侍从及使者等

班柯的鬼魂及其他幽灵等

地点

苏格兰;英格兰

# 第一幕①

---

① 《麦克白》的第一个场景发生在电闪雷鸣(thunder and lightening)的荒
原,这不仅是出于吸引观众注意力的舞台演出需要,也在一开场就暗
示了该剧的巫术题材——在当时的观众眼里,电闪雷鸣就代表着巫
术。1589年,苏格兰王詹姆斯一世迎娶丹麦的安公主(Anne of Den-
mark),由于途中遭遇大风暴,安被迫返回丹麦,同船的丹麦海军上将
Peter Munk当即指责这是哥本哈根的黑巫术(black magic)作祟。此
后,詹姆斯一世率三百随从亲自去丹麦迎接公主,但由于风暴剧烈,他
迫不得已在丹麦度过了整个冬天,可能也亲眼目睹了欧洲大陆的巫术
盛行。1590年,詹姆斯一世携王后返回苏格兰,再次经历海上风暴。
这一次,他也归咎于苏格兰的巫师使用巫术制造风暴,妄图谋害君主,
而詹姆斯一世的亲戚博斯维尔公爵五世(Earl of Bothwell)被指参与
其中。

# 第一场 荒原①

## 雷②电。③ 三女巫④上。

---

① 在莎士比亚生活的时代,戏剧并非高雅艺术,而是流行的大众娱乐形式。当时的剧院也和现在迥异:首先,环球剧院的票价非常便宜,英文里有短语 one penny for the yard,说的就是最便宜的座位——底层站票(groundlings)——只需一便士(240 便士为 1 英镑,而当时的 1 便士够买一块面包,可见剧院票价之亲民)。剧院最贵的座位区域称为 Lord's Rooms,相当于现代剧场的包厢,包厢费最低只要 6 便士。可以说,低票价是造成莎剧如此流行的一大原因。其次,当时的剧院环境非常嘈杂。观众嬉笑聊天、随意吃喝,小贩就在剧场四处穿行,兜售着葡萄、无花果、莓果、坚果、海鲜甚至酒水。看戏前喝上一杯,是当时的剧院传统,而演员们也从中窥见了生财之道。莎士比亚所在的宫廷大臣供奉剧团的演员 John Hemminges 就曾在环球剧院旁边开了一间小酒馆,生意颇为兴隆。嘈杂的剧场环境反过来也影响到了戏剧创作:如,《麦克白》一开场就使用了雷电等舞台特效和女巫等当时的热门话题来吸引观众的注意力;又如,《驯悍记》开场设计了一个和剧情关系不大的导引情节,让醉鬼斯赖被酒店老板娘扔了出去,又被几个贵族蒙骗他也是贵族,几个人一起看戏,才进入正式情节。

② 莎士比亚时期的剧团极为重视舞台特效,其中一项重要任务就是在舞台上重现暴风雨。雷声的制造较为复杂,通常做法有两种:一是通过打鼓,一是通过滚动炮弹——剧团通常会用一到两枚 9—22 磅的炮弹在地板上来回滚过,来模拟雷声,为了制造出雷声隆隆的效果,有时还会用两个炮弹一起滚,创造出不规律的雷声。后来,演出公司还发明了打雷机(thunder machine)——它是一个有点像跷跷板的箱子,炮弹从一端滚到另一端,发出雷鸣之声。呼啸的风声制造起来则比较简单,是用木管乐器(woodwind instruments)模拟出来的。

③ 为了制造出闪电的效果,剧团一般会使用火药。需要电闪之时,他们就会把一种树脂粉末吹进或抛进烛焰之中,来制造闪电,但这样也会产生大量的烟雾。后来,剧团研发出了一种机器,即 swevel。他们把一根线从舞台的屋顶固定到地板上,绑上一些易燃的物质。只要从顶部点燃,条形的火线就会从天而降,如同闪电一般。

④ 三女巫是《麦克白》研究的一大热点。但女巫称谓的模糊,也显示早期现代巫术正处于建构之中,女巫的实际身份和人们的评价可能并不一致。详见引言"制造女巫"部分。

女巫甲　何时姊妹再相逢,①

雷电轰轰雨蒙蒙②?

女巫乙　且等烽烟③静四陲,

败军高奏凯歌回。④

女巫丙　半山夕照尚含辉。

女巫甲　何处相逢?

女巫乙　在荒原。⑤

女巫丙　共同去见麦克白。⑥

女巫甲　我来了⑦,狸猫精⑧。

---

① 三女巫用词简单且押尾韵,很像童谣,与剧中其他角色的话语特征区别明显。朱生豪译本抓住了这一特征,"逢"、"蒙"、"陲"、"回"的双行押韵译出了原文神韵。

② 与雷、电、风不同,雨是当时的环球剧场无法制造出来的舞台效果——除非演出当天真的下雨了(环球剧场是露天剧场)!

③ 原文为 hurly-burly,指的是叛乱、混乱,这个词在莎士比亚时期是一个较为古雅的用法,朱生豪此处翻译为"烽烟"也很合适。梁实秋则翻译为"纷扰"。

④ 原文为 when the battle's lost, and won,朱生豪译为"败军高奏凯歌回",梁实秋译为"等这场战争分了胜负",但两种译法均未译出 lost 和 won 反义词并置所带来的强烈的冲击感。模糊的时间,再加上"败军"和"凯歌"(lost and won)反义词的并置,好似胜败轻易如反掌,女巫们毫不关心人类的命运,只当游戏取乐。《麦克白》剧中充满了反义词的并置,最著名的如 lost and won 和 fair and foul,营造出世界一团混沌、万物皆可循环转化的神秘和混乱之感。

⑤ 第 9 行("何处相逢?")与第 8 行("在荒原。")共同构成一句诗行,演出时演员的话轮转换是相当快的。朱生豪将这两行译成七个字,与上下文字数相同,非常巧妙。

⑥ 此处首次提到了麦克白的名字。事实上,麦克白的名字提及两次之后,演员才正式登场,让观众充满期待。

⑦ 此处可能为错译,原文 I come 应该为 Aye,come,意思是"好的,我来了"。

⑧ 原文为 Gray-Malkin,是猫精的名字。从名字来看,Gray-Malkin 很可能是只灰色母猫,在早期现代英国,黑猫、白猫和灰猫通常会被当作女巫的跟班精灵。听差精灵也有公、母之分(如 Grey-Malkin 就是母猫,Malkin 即 Mary),颜色常以黑、白、灰等单色为主,少见鲜艳色彩。这里梁实秋译为"灰猫怪"比较符合原意。

　　女巫乙　　癞蛤蟆①叫我了。

　　女巫丙　　来也。②

　　三女巫　　（合）美即丑恶丑即美，③

　　翱翔毒雾妖云里。④　（同下。）　⑤

―――――――

① 原文为 Paddock。癞蛤蟆、猫、老鼠等都是常见的跟班精灵，英文为 familiar spirits 或 familiars，是识别女巫的重要标志。根据早期现代英国的女巫审判记录，能够召唤"听差精灵"（familiar）是判定女巫身份的一项重要标志。三个女人一开口便提到"灰猫"（Gray-Malkin, 1.1.7）和"蟾蜍"（Paddock, 1.1.8），也让观众一眼就认定她们是女巫。实际演出时，女巫出场很可能伴有猫和蛙鸣的舞台声效。

② 原文为 Anon，意思是马上，这里可能是女巫对她们的跟班精灵发话。注意：女巫甲、乙、丙的三句话实际上构成一个四音步诗行，显示她们三人为一体。

③ 这是全剧中非常著名的一句台词，原文为 Fair is foul, and foul is fair。女巫唱起"美即丑恶丑即美"（1.1.11），系动词 is 直接连接起两个反义词 fair 和 foul，且毫无时间、地点和条件限定，似乎从一开始就在暗示麦克白生活的世界就像女巫出场时的荒原一样，理直气壮地蔑视了美、丑、善、恶之分。值得一提的是，三女巫是挽着手、转着圈说出这几句台词的，（第一幕第三场女巫的台词"姊三巡，妹三巡，三三九转蛊方成"显示，三女巫是转着圈出场的。）她们的身体姿态同样构成了一个闭环，似乎胜与败、美与丑不仅区别不大，还可循环转化，而探究其区分标准不仅没有必要，而且毫无意义。

④ 原文为 the fog and filthy air，直译为"雾和肮脏的空气"。此处女巫说的不仅是剧情里她们腾云驾雾离去，还指剧场中由于制造闪电等特效所生成的糟糕气味，特效的使用与戏剧和现实的融合非常有意思。事实上，许多制作特效的火药都非常非常难闻。比如，我们熟悉的硫磺（sulphur）就有一股臭鸡蛋的味道，在米尔顿的《失乐园》被当作是地狱的味道，因为地狱一直燃烧着黑暗之火，而硝石（saltpetre）点燃时就更难闻了。此外，特效的运用也是有危险的。如，1613 年 6 月 29 日，在演出莎剧《亨利八世》时，特效烧着了茅草屋顶，环球剧院毁于一旦，标志着莎士比亚创作生涯的结束。

⑤ "同下"即 exeunt，区别于单独下场（exit）。而"翱翔"（hover）一词暗示，这里女巫可能是"飞"下场的。在达文南特改编的《麦克白》中，此处的舞台说明就变成了"飞下"。三女巫哼唱着"Fair is foul, and foul is fair/ Hover through the fog and filthy air"（1.1.11—12）时，（转下页注）

（接上页注）莎士比亚可能使用舞台道具来让女巫真的"飞起来"了，来制造舞台奇观。注意："会飞的女巫"是欧洲女巫的常见形象，英国女巫的传统形象并不包括"会飞"，此处莎士比亚可能引入了欧洲大陆的巫妖元素。梁实秋译为"清白即是黑暗，黑暗即是清白：我们且从阴霾和浊气中间飞过"，"黑暗"与"清白"的译法取自约翰逊博士的注释。

## 第二场　福累斯附近的营地

内号角声①。邓肯、马尔康、道纳本、列诺克斯及侍从等上，与一流血之军曹②相遇。

邓肯　那个流血的人③是谁？看他的样子，也许可以向我们报告关于叛乱④的最近的消息。

马尔康　这就是那个奋勇苦战帮助我冲出敌人重围的军曹。祝福⑤，勇敢的朋友！把你离开战场以前的战况报告王上。

军曹　双方还在胜负未决之中⑥；正像两个精疲力

---

① 号角声（Alarum）通常意味着军队集结和重要人物出场，一般也伴有鼓声和喇叭声。这里的"内号角声"（Alarum within）指的是乐手并未出现在舞台上，而是在后台的休息室（当时称 tiring house）演奏音乐。

② 此处两组演员可能从舞台两侧登场，也可能是两队人马早前相遇，此时并作一队上场。

③ 必须指出的，《麦克白》剧中"血"（blood）一词出现的比例比其他所有莎剧都高，剧中主要角色麦克白被砍头，国王邓肯和守卫被杀，班柯被刺死，麦克德夫的全家人被刺死，麦克白夫人死于精神崩溃，可谓一出"血腥的戏剧"（a bloody play）。

④ 当时，苏格兰正处于内战时期，国家动荡，叛乱此起彼伏。莎士比亚在《麦克白》第一幕第二场中，对霍林斯赫德《编年史》中记载的邓肯的故事进行了改编。根据霍林斯赫德的记录，麦克唐华德战败之后，挪威君主再大举入侵，莎士比亚则将两场战争并作一场，同时略去了对丹麦人入侵苏格兰的描述，这可能是因为彼时的英国王后正是丹麦的安公主。

⑤ 原文用了 Hail，是打招呼的意思，相当于中文的"你好"、英语的"greetings"。

⑥ 原文为 doubtful it stood。应该注意的是，此处军曹的台词是以史诗体写成的，其语言风格与剧中其他角色明显不同，当然也与军曹的身份不符。这也许是出于莎士比亚的炫技，也许是莎士比亚在致敬塞内加的信使风格。

竭的游泳者①，彼此扭成一团，显不出他们的本领来。那
残暴的麦克唐华德不愧为一个叛徒②，因为无数奸恶的
天性都丛集于他的一身；他已经征调了西方各岛③上的
轻重步兵④，命运也像娼妓一样⑤，有意向叛徒卖弄风情，

---

① 原文为 two spent swimmers。有学者考察了军曹形容交战的麦克白和麦
克唐华德像是"两个筋疲力尽的游泳者"的怪异比喻："这两个战士（或
军队）是试图毁灭对方，还是试图拯救对方？或者，每个游泳者都试图
（像战士一样）把对方当作拯救自己的浮标？……和敌人结盟，和与同
志结盟一样，既是共生，也是解构。"［见 Harry Berger, Jr, "The Early
Scenes of Macbeth: Preface to a New Interpretation", *ELH*, Vol. 47, No. 1
(Spring, 1980), pp. 1—31: 7.］《麦克白》剧随处可见的反义并置和循
环转化，就像是这两个扭成一团的游泳者，分不清他们到底是相互厮
杀还是相互拯救，是朋友还是敌人，是祝福还是诅咒。以"A and A-"形
式连接起来的两个反义词，正如两个游泳者的生硬"结盟"一样，不仅
让观众不安，也让我们对剧本的阐释本身陷入险境——因为没有一个
角色、一份力量、一种意识形态能够压倒另一方，于是双方便在互为依
靠、难以拆解的僵持和无尽的互为胜败的转化循环里耗尽能量，最终
走向灭亡。
② 原文为 Worthy to be a rebel, worthy 和 rebel 两个价值判断相悖的词语组合
在一个词组里，制造出诡异的气氛，也让人想起上一场 lost and won 的并置。
③ 指 Hebrides，赫布里底群岛，位于苏格兰的西部外海，呈弧形，分为内、
外赫布里底两个群岛，中间相隔北明奇和小明奇海峡。赫布里底群岛
由 40 多个岛屿和无数荒岛组成，大多无人定居。群岛独特而重要的地
理位置引得凯尔特人、维京人、苏格兰人和英格兰人为它的统治权进
行过无休止的征战。而大自然的鬼斧神工让群岛具有了奇险而壮丽
的自然景色，引得无数艺术家、科学家、诗人和旅行者前往。1775 年，
塞缪尔·约翰逊发表了《苏格兰西部各岛游记》(*A Journey to the Western
Isles of Scotland*)，用的正是 western isles 一词，但只字未提与他同行的鲍
斯威尔。1785 年，鲍斯维尔也出版了一部《与塞缪尔·约翰逊同游赫
布里底群岛记》(*Journal of a Tour to the Hebrides with Samuel Johnson*)。
④ 原文为 kerns and galloglasses。Kerns 指的是爱尔兰的轻步兵；galloglas-
ses 一词来自于霍林斯赫德的《编年史》，通常指苏格兰的重甲步兵。
麦克唐华德家族被认为是重甲步兵的起源和代表。
⑤ 因为命运经常摇摆不定，所以命运女神(Fortune)在文艺复兴时期文学
中经常被比作娼妓(whore)。

助长他的罪恶的气焰。可是这一切都无能为力①，因为英勇的麦克白②——真称得上一声"英勇"——不以命运的喜怒为意，挥舞着他的血腥的宝剑，像个煞星似的③一路砍杀过去④，直到了那奴才的面前，也不打个躬，也不通一句话，就挺剑从他的肚脐上刺了进去，把他的胸膛划破⑤，一直划到下巴上；他的头已经割下来挂在我们的城楼上了⑥。

———————

① 原文为 All's too weak，亦指所有言语都描述不出当时战场的惨烈状况，梁实秋译为"我实在无法形容他们"。

② 注意：此处是麦克白的名字第二次出现，但他本人仍未登场。

③ 原文为 like Valour's minion，就像战神的仆人一样。和命运女神被比喻为"娼妓"一样，战争女神也以摇摆不定著称，预示了麦克白的胜利不会长久。下文麦克白也被称为女战神贝罗娜的新郎（Bellona's bridegroom），也是同样含义。

④ 原文使用了 carved out his passage，指的是"凿出一条路来"，可见战事的激烈和麦克白的勇猛。

⑤ 原文非常精彩地只用了一个词，即 unseamed（= slit open）。《麦克白》的语言原始、简洁、有力，对比强烈，富有冲击感，尤其"un＋动词"的构词法最为特别，其中最著名的要数第一幕第四场第 41 行麦克白夫人呼唤的"unsex me here"。

⑥ 《麦克白》一开场叛逆之徒麦克唐华德被割下的头颅（1.2.23），呼应了剧终另一位叛国之徒麦克白被砍下的头颅。另，注意此处（1.2.15—23）军曹描述麦克白力挽狂澜、击杀麦克唐华德的场景，出现了人称代词"他"（he、his、him）的连续使用。韩礼德认为，在话语中引入人名之后，通常人们都会使用一系列人称代词，直到新内容或新人名的出现。［见 M. A. K Halliday, *An Introduction to Functional Grammar*, 3rd Edition, revised by M. I. M. Matthiessen, London：Hodder Arnold, 2004, pp. 554—555.］但是第 20 行，新的人名——被称为"奴才"的麦克唐华德出现后，莎士比亚却依然连续使用人称代词"他"，导致人称代词指代不明："他"到底是杀人者麦克白，还是"奴才"麦克唐华德？ 如果说，此处尚可通过上下文来理解"他"的所指，那么第 22 行则出现了更明显的人称代词回指混乱——"（他）挺剑从他的肚脐上刺了进去，把他的胸膛划破，一直划到下巴上；他的头已经割下来挂在我们 （转下页注）

邓肯　啊,英勇的表弟①! 尊贵的壮士!②

军曹　天有不测风云,从那透露曙光的东方偏卷来了无情的风暴,可怕的雷雨;我们正在兴高彩烈的时候,却又遭遇了重大的打击。听着,陛下,听着③:当正义凭着勇气的威力正在驱逐敌军向后溃退的时候,挪威国君④看见有机可乘,调了一批甲械精良的生力军⑤又向我们开始一次新的猛攻。

邓肯　我们的将军们,麦克白和班柯有没有因此而

---

(接上页注)的城楼上了"(he unseamed him from the nave to th'chops/ And fixed his head upon our battlements)。此处出现回指不明,可能是因为军曹历经浴血奋战,身体疲累,言语已跟不上思维,故而语法错误接二连三;也可能是因为战场血腥惨烈,麦克白和麦克唐华德杀得胜负难分(Doubtful it stood, 1.2.7),军曹来不及用全名称呼双方,只选择以简洁的代词"他"来代替人名,突显动作,强调画面感。罗纳德·兰艾克(Ronald Langacker)在分析信息结构时,将信息划分为新信息和旧信息,认为旧信息就是已经呈现过的信息,可以不必言明。[见 Ronald W. Langacker, *Cognitive Grammar: a Basic Introduction*, Oxford: Oxford University Press, 2008, p. 59. ]因为军曹之前已报过交战双方姓名,属于旧信息,所以此处不再言明,但人称代词回指功能的使用将交战双方弱化为背景(background),反而将交战动作凸显到前台(foreground),成为话语焦点,好似谁胜谁负并不重要,打斗的混乱场面却是重中之重。

① 原文为 valiant cousin,麦克白和邓肯是血亲,同属马尔康国王的孙辈,所以称为 cousin(亲戚)。

② 原文为 wealthy gentlemen。麦克白为国王邓肯平叛,被邓肯盛赞为"英勇的表弟! 尊贵的壮士"(1.2.24),但剧终国王麦克白亲征剿敌,却被马尔康斥为"已死的屠夫"(5.9.35)。这不仅让人思考:是什么造成了这样天壤之别的评价?

③ 此处莎士比亚同样采用了史诗笔法。显然,军曹是不能命令国王"听着"(Mark)的。

④ 即下文说的 Sweno。

⑤ 原文为 skipping kerns。这里的 skipping 既指轻步兵行动迅速敏捷,也指这些士兵不值得信任,不值得托付,逃跑起来比谁都快。

气馁？

军曹　是的,要是麻雀能使怒鹰退却、兔子能把雄狮吓走的话①。实实在在地说,他们就像两尊巨炮,满装着双倍火力的炮弹,愈发愈猛,向敌人射击；瞧他们的神气,好像拚着浴血负创,非让尸骸铺满原野②,决不罢手——可是我的气力已经不济了,我的伤口需要③马上医治。

邓肯　你的叙述和你的伤口一样,都表现出一个战士的精神④。来,把他送到军医那儿去。（侍从扶军曹下。）

洛斯上。

邓肯　谁来啦？

马尔康　尊贵的洛斯爵士⑤。

列诺克斯　他的眼睛里露出多么慌张的神色！好像要说些什么意想不到的事情似的。⑥

———————

① 原文为 as sparrows, eagles, or the hare, the lion。这里直译过来就是“就像是麻雀对老鹰、兔子对狮子”。与中译本不同,军曹的这句话没有使用任何动词,只是连用了 4 个动物的意象,就让双方的实力对比跃然纸上了。

② 原文为 memorize another Golgotha,让人想起另一个各各他。各各他是耶稣基督被钉十字架的地方,引申为坟墓。

③ 原文为 cry for,指的是伤口裂开,就像张着的小嘴一般呼求帮助。

④ 原文为 honour,朱生豪译为“战士的精神”。Honour 也是《麦》相当重要的主题。

⑤ 此处马尔康称呼洛斯“爵士”用的是苏格兰的爵士头衔（thane）,而非英国的爵士头衔（earl）。

⑥ 环球剧院剧场很大,又是露天演出,列诺克斯此处既描述了洛斯上场的表情和动作,也起到了舞台说明的作用,告诉了观众来人是谁,来人的表情和动作是什么,让观众对洛斯接下来要说的台词充满好奇。

洛斯　上帝保佑吾王![①]

邓肯　爵士,你从什么地方来?

洛斯　从费辅[②]来,陛下;挪威的旌旗在那边的天空招展,把一阵寒风搧进了我们人民的心里[③]。挪威国君亲自[④]率领了大队人马,靠着那个最奸恶的叛徒考特爵士[⑤]的帮助,开始了一场惨酷的血战;后来麦克白[⑥]披甲戴盔,和他势均力敌,刀来枪往,奋勇交锋,方才挫折了他的凶焰;胜利终于属我们所有。[⑦] ——

邓肯　好大的幸运![⑧]

---

① 莎士比亚时期的英国人显然对这句话司空见惯(God save the King),现代的英国人也非常熟悉这句话,因为它也是英国的国歌。这句话起源于圣经《撒母耳记上》第 10 章第 24 节众人对扫罗的称呼。撒母耳对众民说:"你们看耶和华所拣选的人,众民中有可比他的吗?"众民就大声欢呼说:"愿王万岁!"值得注意的是,与现代人不同,莎士比亚本人对《日内瓦圣经》《主教圣经》或《大圣经》等早期版本《圣经》更为熟悉,因为詹姆斯国王钦定版《圣经》(King James' version)直到 1611 年才出版。

② 费辅城堡(Fife)位于苏格兰的东海岸,也是麦克德夫的领地。

③ 原文为 fan our people cold,指的是使人心寒,也指使人分为两派。善恶与挥动的旌旗相互对应,具有强烈的视觉感。

④ 原文为 Norway himself,挪威国君此处用的是国名来代称。

⑤ 麦克白先是与考特打得难解难分,后来也继承了这个头衔,成为了另一个奸恶的考特爵士,好像代入了新名字就进入了一个新循环。

⑥ 原文并未用"麦克白"的名字,而是用了 Bellona's bridegroom——贝罗娜的新郎。贝罗娜是古罗马女战神,战神马尔斯之妻。称呼麦克白为女战神的新郎,可见麦克白的英勇无敌、备受战神青睐,但是正如多变的命运女神一样,战神也常常被比作娼妓,因为战场胜负难定。这也预示了麦克白后来的命运。

⑦ 原文颇为精彩,洛斯在对战场进行了一番惊心动魄的描述之后,似乎意识到他即便穷尽语言也无法描述,于是直接用"简言之"(to conclude)来了句总结:"我们赢了"(The victory fell on us)。

⑧ 原文为 Great happiness,邓肯本人似乎也被洛斯所描述的激烈战况所牵引,听闻己方胜利,不由长舒一口气——"朕心甚悦!"

洛斯　现在史威诺,挪威的国王,已经向我们求和了;我们责令他在圣戈姆小岛上缴纳一万块钱①充入我们的国库,否则不让他把战死的将士埋葬②。

邓肯　考特爵士再也不能骗取我的信任了③,去宣布把他立即处死,他的原来的爵位移赠麦克白。

洛斯　我就去执行陛下的旨意④。

邓肯　他所失去的,也就是尊贵的麦克白所得到的。⑤(同下。)

---

① 这里的"钱"用了英国货币单位(dollar),而不是挪威货币单位(rigsdaler)和丹麦货币单位(riksdaler)。

② 原文为 deign him burial。在莎士比亚生活的时代,战败方往往需要交纳赎金,才可安葬己方阵亡将士。赎金是战胜方的收入来源之一。

③ 邓肯虽然嘴上这样说,但不久又相信了另一位考特爵士——麦克白。

④ 原文为 See it done,梁实秋译为"遵命办理"。

⑤ 原文为 What he hath lost, noble Macbeth hath won,邓肯可能是无意识地使用了女巫的词汇"他所失去(lost)的,正是高贵的麦克白所赢得(won)的"(1.2.69)。后文麦克白上场的第一句话就说"我从来没有见过这样阴郁(foul)而又光明(fair)的日子"(1.3.18),同样无意识的使用了女巫"美""丑"并置的语言风格,显示人类世界和超自然世界产生了某种奇妙而隐晦的联系。

## 第三场　荒原①

雷鸣。三女巫上。

女巫甲　妹妹，你从哪儿来？

女巫乙　我刚杀了猪来。②

女巫丙　姊姊，你从哪儿来？

女巫甲　一个水手的妻子坐在那儿吃栗子，啃呀啃呀啃呀地啃着。"给我吃一点，"我说。"滚开，③妖巫！④"那个吃鱼吃肉的贱人⑤喊起来了。她的丈夫是"猛虎号"的船长，到阿勒坡去了⑥；可是我要坐在一张筛子里追上他去⑦，像一头没有尾巴的老鼠，⑧瞧我的，瞧我

---

① 第一幕第三场的开场呼应了第一幕第一场开场的荒原场景。超自然世界与人类世界交替出现，逐渐交汇融合。

② 杀害家畜是在女巫审判中判定女巫的重要依据。这句台词意味着女巫乙上场时可能手上沾满鲜血。"血手"是《麦克白》中非常重要的意象，麦克白夫人梦游时不停洗手一幕让观众印象深刻，而根据《麦克白》改编的昆剧《血手记》在剧名中就直接用了"血手"意象。

③ 原文为 Aroynt，据说是莎士比亚自创的女巫专用词汇，意为"滚开"。

④ 这里直接用了女巫（witch）一词。值得注意的是，witch 这个词只在《麦克白》中出现过两次，女巫从未称自己为 witch。

⑤ 原文为 ronyon，是当时对女性的侮辱称呼。

⑥ 阿勒坡（Aleppo）是叙利亚的一个港口城市。据说 1583 年"猛虎号"曾航行至阿勒坡，另一说 1604 年 12 月 5 日到 1606 年 6 月 27 日，即《麦克白》上演之时，"猛虎号"在大海上足足漂流了 567 天，与下文提到的 sev'nights nine times nine 相呼应。

⑦ 据说女巫可以坐在筛子上飞行，这一说法出自《苏格兰的消息》（News from Scotland，1591）的木刻插图。

⑧ 据说女巫可以变成老鼠，但因为女性的身体构造所限，变不出老鼠的尾巴。

的,瞧我的吧。

　　女巫乙　我助你一阵风。①

　　女巫甲　感谢你的神通。

　　女巫丙　我也助你一阵风。②

　　女巫甲　刮到西来刮到东。

　　到处狂风吹海立,

　　浪打行船无休息;

　　终朝终夜不得安,

　　骨瘦如柴血色干;③

　　一年半载海上漂,④

　　气断神疲精力销;

　　他的船儿不会翻,

　　暴风雨里受苦难。⑤

　　　瞧我有些什么东西?

———————

① 按照詹姆斯一世的《恶魔学》,女巫可以制造风浪。

② 原文为 and I another。女巫的语言非常简练,像极了儿童牙牙学语时所
用的词汇。一方面,女巫的语言风格与其他角色构成了强烈的反差,
另一方面,舞台上女巫的语言也尤其有现实依据——在女巫审判案件
中,大部分受审判的女巫其实都是穷苦的年老女性,文化教育程度很
低,有的甚至口吃,说不出完整的话。从这个角度来讲,《麦克白》中法
力强大的女巫,实际上是被侮辱、被轻视的社会最底层女性。她们低
下的社会地位与强大的法力形成了鲜明对比,她们并非真的邪恶,而
是早期现代英国被隔离和人为建构出来的“邪恶力量”。

③ 原文为 I will drain him dry as hay,指的是我要把他吸干,让他像干草一
样,这里有性的暗示。梁实秋译为“我要把他吮得像稻草一般的干”。

④ 原文为 sev'nights nine times nine,指的是 9×9＝81 周,与上文所提的猛虎
号航行了 567 天(即 81 周)是吻合的。梁实秋译为“九九八十一个漫
长的星期”。

⑤ 虽然遭遇许多苦难,但是船只不会倾覆,这显示女巫的巫术是有极
限的。

女巫乙　给我看,给我看。

女巫甲　这是一个在归途覆舟殒命的舵工的拇指。① ( 内鼓声。)

女巫丙　鼓声! 鼓声! 麦克白来了。②

三女巫　(合)手携手,三姊妹,③

沧海高山弹指地,

朝飞暮返任游戏。

姊三巡,妹三巡,

三三九转蛊方成。④

　　　　麦克白及班柯上。

麦克白　我从来没有见过这样阴郁而又光明的日子。⑤

班柯　到福累斯⑥还有多少路? 这些是什么人,形

---

① 这里可能暗指 1581 年 Edmond Campion 被处死时切下的手指。

② 这里的鼓声将观众的注意力转向麦克白的出场。从麦克白的名字被两次提及,到此处麦克白正式登场,莎士比亚不断造势,让观众对麦克白的出场充满期待。

③ 这里的"三姊妹"英文称 weird sisters,也有人称 weyward sisters。女巫称自己为命运三姐妹,而不是女巫,她们并不认为自己在施行巫术,而是认为她们在预示未来。

④ 这几句台词表明,三女巫是手拉手、转着圈出场的,呼应了女巫审判中提及的女巫会围绕坩埚跳舞的内容。此外,朱生豪译文漏译了女巫最后的话 Peace, the charm's wound up,意思是万事俱备,就等麦克白出场了。

⑤ 原文为 So foul and fair a day I have not seen,梁实秋译为"这样又清朗又浑浊的天气我真没有见过"。注意将这里的 foul and fair 与第一幕第一场中女巫说的 foul is fair, fair is foul 联系起来。麦克白出场,第一句台词就使用了女巫的台词。虽然邓肯和麦克白从未见过三女巫,但是女巫的话语已经潜入剧中人类角色的话语系统中了。

⑥ 福累斯(Forres)离麦克白的城堡不远。

容这样枯瘦,服装这样怪诞,①不像是地上的居民②,可是却在地上出现? 你们是活人吗? 你们能不能回答我们的问题? 好像你们懂得我的话,每一个人都同时把她满是皱纹的手指按在她的干枯的嘴唇上。你们应当是女人,可是你们的胡须却使我不敢相信你们是女人。③

　　麦克白　你们要是能够讲话,告诉我们你们是什么人?

　　女巫甲　万福,麦克白! 祝福你,葛莱密斯爵士!

　　女巫乙　万福,麦克白! 祝福你,考特爵士!

　　女巫丙　万福,麦克白,未来的君王! ④

　　班柯　将军,您为什么这样吃惊,⑤好像害怕这种听上去很好的消息似的? 用真理的名义回答我,你们到底是幻象呢,还是果真像你们所显现的那样生物? 你们向

---

① 班柯的原话是 so wizard and so wild in their attire,与麦克白所说的 so foul and fair 结构相同,相互呼应。

② 原文为 inhabitants of the earth,指"地上的居民"。

③ 这里对女巫的外貌描写也起到了舞台说明的作用。班柯对女巫外貌的描述表明,三女巫是一群形容枯槁的老年妇女,衣衫褴褛,且面有胡须。但是班柯还是把她们认做女人。这里提及女巫长有胡须,可能是来自霍林斯赫德的《编年史》,并非莎士比亚原创。在某些演出中,班柯的这段话被处理成与女巫的对话;在另一些戏剧中,这段话被处理成班柯的旁白,即他在暗自思忖女巫的身份。后一种处理方式可能更为恰当,因为即使去掉班柯的这段台词,也并不妨碍上下文话轮的展开。

④ 三女巫采用了相同的句式,即 All hail Macbeth +麦克白现在拥有和未来即将拥有的三种身份。这种处理方式质疑了时间的线性,似乎既是预言,也是事实。

⑤ 这句话表明了麦克白听见三女巫祝福之后的反应。班柯以为麦克白听了之后很害怕,但是班柯认为这是好事,因为根据当时苏格兰的轮流继承法(tanistry),麦克白作为王室宗亲同样享有继承权。

我的高贵的同伴致敬,并且预言他未来的尊荣和远大的希望①,使他仿佛听得出神;②可是你们却没有对我说一句话。要是你们能够洞察时间所播的种子③,知道哪一颗会长成,哪一颗不会长成,④那么请对我说吧;我既不乞讨你们的恩惠,也不惧怕你们的憎恨。⑤

女巫甲　祝福!

女巫乙　祝福!

女巫丙　祝福!

女巫甲　比麦克白低微,可是你的地位在他之上。

女巫乙　不像麦克白那样幸运,可是比他更有福。

女巫丙　你虽然不是君王,你的子孙将要君临一国。⑥ 万福,麦克白和班柯!

---

① 此处可能存在漏译,原文为 you greet with present grace, and great prediction / Of noble having and of royal hope,对应着女巫的三个祝福,朱生豪译本少译了"present grace",即麦克白现在的爵位 Thane of Glamis。

② 这也透露出了麦克白的舞台动作。他沉浸在自己的内心活动之中,脸上却看不出任何表情,呼应了前文邓肯所说的上一任考特公爵脸和内心的区别。

③ 原文为 the seeds of time,时间的种子。注意:《麦克白》充满了对时间的指涉,美国学者 David Scott Kastan 就曾围绕"时间的种子"写过《莎士比亚与时间的形状》(*Shakespeare and the Shapes of Time*, 1982)。

④ 这里的长成(grow)对应了上文所提到的种子(seeds)。

⑤ 从这段台词来看,班柯并未被女巫的祝福所诱惑,而是仍然保留了清醒的判断。这可能因为班柯原本就没有这个想法,而麦克白原本就有篡位的念头。这样的处理方式更显得班柯品行正直。

⑥ 原文为 Lesser than Macbeth and greater; Not so happy, yet much happier; Thou shalt get kings, though thou be none. 相比三女巫称呼麦克白的三个头衔,她们对班柯的三个祝福更加诡异。这个结构与第一幕出现的"反义词并置"结构相同,看似自相矛盾、无法解释,但在更高的逻辑层面(比如加入时间维度)又可以讲通,问题关键在于听者从哪个视角去理解。

女巫甲　班柯和麦克白,万福!

麦克白　且慢,你们这些闪烁其辞的预言者,①明白一点告诉我。西纳尔②死了以后,我知道我已经晋封为葛莱密斯爵士;可是怎么会做起考特爵士来呢? 考特爵士现在还活着,他的势力非常煊赫;至于说我是未来的君王,那正像说我是考特爵士一样难于置信。说,你们这种奇怪的消息③是从什么地方得来的? 为什么你们要在这荒凉的旷野用这种预言式的称呼使我们止步? 说,我命令你们。(三女巫隐去。)

班柯　水上有泡沫,土地也有泡沫,这些便是大地上的泡沫。她们消失到什么地方去了?

麦克白　消失在空气之中,好像是有形体的东西,却像呼吸一样融化在风里了。④ 我倒希望她们再多留一会儿。

班柯　我们正在谈论的这些怪物,果然曾经在这儿出现吗? 还是因为我们误食了令人疯狂的草根⑤,已经丧失了我们的理智?⑥

---

① "闪烁其词的预言者"原文为 imperfect speakers,指的是三女巫虽然正确无误地说出了部分事实,却未将真相和盘托出。

② 西纳尔,原文为 Sinel,一种拼法是 Finel。之所以存在这种差异,是因为 s 跟 f 在早期现代英语的写法类似,都很像 f。西纳尔是麦克白的父亲,西纳尔死后,麦克白自然继承父亲爵位,成为葛莱密斯爵士。

③ 原文为 strange Intelligence,指的是奇怪的信息(strange Information)。

④ 女巫化为泡沫消失在空气中,了无痕迹,就像她们从未出现过,也像是人类对历史的建构,事实可以变成虚妄,虚妄却被构建为事实。

⑤ 原文为 insane root(疯药)。当时的人认为吃杉树根(root of hemlock)之类的草药可以致幻。

⑥ 原文为 take the reason prisoner,"将理智当做犯人被关押起来"就是"毫无理智"了。

麦克白　您的子孙将要成为君王。　①

班柯　您自已将要成为君王。

麦克白　而且还要做考特爵士；她们不是这样说的吗？

班柯　正是这样说的。谁来啦？②

　　　洛斯及安格斯上。

洛斯　麦克白，王上已经很高兴地接到了你的胜利的消息；当他听见你在这次征讨叛逆③的战争中所表现的英勇的勋绩的时候，他简直不知道应当惊异还是应当赞叹，在这两种心理的交相冲突之下，他快乐得说不出话来。他又得知你在同一天之内，又在雄壮的④挪威大军的阵地上出现，不因为你自己亲手造成的死亡的惨象而感到些微的恐惧。报信的人像密雹一样接踵而至⑤，异口同声地在他的面前称颂你的保卫祖国的大功。

安格斯　我们奉王上的命令前来，向你传达他的慰劳的诚意；我们的使命只是迎接你回去面谒王上，不是来酬答你的功绩。

---

① 这句话出现在班柯的大段独白之后，显得非常突然，显示出麦克白之前"失神"的原因——他可能一直在思考：Your children shall be kings. I shall be king. Why shouldn't my children be kings? 这同样意味着，麦克白早有篡位之意，但女巫的预言让他对班柯真正起了杀心。

② 《麦克白》出现了很多提示新角色上场的台词，加速剧情发展。如 who's there? Who's the bleeding man? 似乎观众还沉浸在上一场，下一场就已经开始了。

③ Rebels，指的是麦克唐华德的叛军。

④ 原文为 stout，既有"雄壮"也有"恐怖"之意。

⑤ 原文为 As thick as tale/ Came post with post，此处的 thick 不仅指"多"，而且指"快"。

洛斯　为了向你保证他将给你更大的尊荣起见,他叫我替你加上考特爵士的称号;祝福你,最尊贵的爵士!这一个尊号是属于你的了。①

班柯　什么! 魔鬼②居然会说真话吗?

麦克白　考特爵士现在还活着;为什么你们要替我穿上借来的衣服③?

安格斯　原来的考特爵士现在还活着,可是因为他自取其咎,犯了不赦的重罪,在无情的判决之下,将要失去他的生命。他究竟有没有和挪威人公然联合,或者曾经给叛党秘密的援助,或者同时用这两种手段来图谋颠覆他的祖国,我还不能确实知道;可是他的叛国的重罪,已经由他亲口供认,并且有了事实的证明,④使他遭到了毁灭的命运。

麦克白　(旁白)葛莱密斯,考特爵士;最大的尊荣还在后面。(向洛斯、安格斯)谢谢你们的跋涉。(向班柯)您不希望您的子孙将来做君王吗? 方才她们称呼我做考特爵士,不同时也许给你的子孙莫大的尊荣吗?⑤

━━━━━━━━━

① 女巫的第二个预言也实现了!

② 班柯称三女巫为魔鬼(devil),表明了他的态度。

③ 原文为"borrowed robes"。注意:《麦克白》中出现了很多与衣服相关的意象,这可能跟早期现代英国的剧场文化相关,也指向了王权的表演性。剧中的衣服是"借来的"、"偷来的"、"是否合身"等措辞,指向了早期现代英国身份的混乱和建构过程。

④ "已经由他亲口供认,而且有了事实的证明",原文只用了两个简洁的词"confessed and proved"。

⑤ 此处的旁白和对话表明了麦克白的心口不一。听到晋升考特爵士的消息之后,麦克白并非震惊,而是立刻联想到更大的尊荣,表明他一早就有当国王的念头。同时,在向洛斯和安格斯道谢之后,(转下页注)

班柯　您要是果然完全相信了她们的话①,也许做了考特爵士以后,还渴望想把王冠攫到手里。可是这种事情很奇怪②;魔鬼③为了要陷害我们起见,往往故意向我们说真话,在小事情上取得我们的信任,然后在重要的关头我们便会堕入他的圈套。④　两位大人,让我对你们说句话。⑤

麦克白　(旁白)两句话已经证实,这好比是美妙的开场白,接下去就是帝王登场的正戏了。⑥　(向洛斯、安格斯)谢谢你们两位。(旁白)这种神奇的启示不会是凶兆,可是也不像是吉兆。假如它是凶兆,为什么用一开头就应验的预言保证我未来的成功呢? 我现在不是已经做

---

(接上页注)麦克白立即转向了"班柯的子孙"的问题,与前文他向班柯感叹的"你的子孙要当王!"相互呼应,表明他不仅自己想当王,而且在考虑子孙的王位继承问题了。

① 原文为 That trusted home,班柯已经意识到,麦克白的想法可能出现偏差了。

② "奇怪"原文用了 strange。strange 一词在《麦克白》中多次出现,班柯也一直在说"奇怪",但麦克白却似乎并不奇怪,立刻接受了女巫的预言。

③ 原文为"instruments of darkness",直译为"黑暗的工具",朱生豪译为"魔鬼"。

④ 这就是班柯对 imperfect speaker 的理解:三女巫并未和盘托出全部真相,目的是为了诱人落入圈套。班柯认为她们是"魔鬼",存心不良。

⑤ 这句话也起到了舞台说明的作用:班柯和安格斯、洛斯走到一旁说话,将舞台中心留给了麦克白;麦克白通过旁白将内心活动暴露给观众,但班柯等剧中人却并不知情。

⑥ 原文为 Two truths are told, / As happy prologues to the swelling act, / Of the imperial theme。prologue 与 theme 的关系表明,麦克白可能很早就对王位有所觊觎,他认为葛莱密斯爵士和考特公爵只是"序章",而王位才是"主题"。注意:这里的 prologue 和 theme 都是戏剧术语,呼应了后文麦克白对人生的比喻——"一个在舞台上指手划脚的拙劣的伶人,登场片刻,就在无声无息中悄然退下"。

了考特爵士了吗? 假如它是吉兆,为什么那句话会在我脑中引起可怖的印象,使我毛发悚然①,使我的心全然失去常态,卜卜地跳个不住呢?② 想像中的恐怖远过于实际上的恐怖;③我的思想中不过偶然浮起了杀人的妄念④,就已经使我全身震撼,心灵在胡思乱想⑤中丧失了作用,把虚无的幻影认为真实了。⑥

———————

① "使我毛发悚然"(梁实秋译为"使我的毛发竖起")原文为 unfix my hair,实际上有一个巧妙的双关:一方面指的是使毛发(hair)耸立、非常害怕,另一方面 hair 也谐音 heir(后代、继承人),指使子孙(heir)的地位不保,即麦克白在思考,既然班柯的子孙要当王,那么我的后代怎么办?

② 这句话的英文表达非常形象,原文为 make my seated heart knock at my ribs,"让我们的心狂跳不止冲向我的肋骨"指的是"心跳得很厉害"。

③ 这是《麦克白》非常著名的台词,原文为 Present fears/ Are less than horrible imagining,指的是眼前的恐怖远远不如想象中的恐怖。正如富兰克林·罗斯福所说,"我们唯一恐惧的是恐惧自身"(The only thing we have to fear is fear itself)。

④ 这一段台词的写法非常有意思,原文为 My thought, whose murder yet is but fantastical,/ shakes so my single state of man... 注意:这里的 whose 用了所有格的结构,这句话使用了拟人手法,麦克白说,他的想法(my thought)自己有了意识。

⑤ 原文为 surmise,意为"猜测"。梁实秋译为"一番玄想"。

⑥ 这一段 if ill... if good...的台词很容易让观众想起哈姆雷特 to be or not to be (生存还是毁灭)的内心独白。麦克白用自我暴露式的语言生动地描述了他的犹豫、怀疑、恐惧等种种心态,让观众在厌恶罪行的同时,也不免站在他的视角思考他的犯罪动机、思考罪行如何毁灭了他。麦克白邀请观众走进他的世界,成为了他的同伙。事实上,许多研究者都注意到了麦克白和哈姆雷特的相似性,如布雷德利就指出,《麦克白》虽不及《哈姆雷特》宽广,但同样具有"诗人的想象力"[见布雷德利,《莎士比亚悲剧》,张国强、朱涌协、周祖炎译,上海:上海译文出版社,1992 年,第328—330 页];哈里斯认为,麦克白实际上是莎士比亚塑造的"第二个哈姆雷特";麦克白不时沉思、犹豫不决、多愁善感,就像哈姆雷特扮演的苏格兰贵族。[详见弗兰克·哈里斯,《莎士比亚及其悲剧人生》,许昕译,南昌:江西教育出版社,2013 年,第 15—27 页。]

班柯　瞧,我们的同伴想得多么出神。①

麦克白　(旁白)要是命运将会使我成为君王,那么也许命运会替我加上王冠,用不着我自己费力。②

班柯　新的尊荣加在他的身上,就像我们穿上新衣服一样,③在没有穿惯以前,总觉得有些不大适合身材。

麦克白　(旁白)事情要来尽管来吧,到头来最难堪的日子也会对付得过去的。④

班柯　尊贵的麦克白,我们在等候着您的意旨。⑤

麦克白　原谅我;⑥我的迟钝的脑筋刚才偶然想起了一些已经忘记了的事情,⑦两位大人,你们的辛苦已经

---

① 班柯与洛斯和安格斯两人说完话,回过头来看麦克白,发现麦克白仍在沉思。而麦克白的旁白道出了他的心声:他在想着要不要篡位为王。

② 麦克白的结论是:好的预言会顺其自然地实现,完全不用自己费力(without my stir)。原文的 stir 有两个意思,一是指努力,二是指骚乱、动乱,这里可能指的是谋杀篡位。但后来我们知道,麦克白并未按照自己的结论,顺其自然地等待下去,而是迫不及待地自己动手了。从这个角度来说,预言本无好坏对错,好预言和坏预言的区别只是在于时间和时机(time and timing)。梁实秋译为:"如其机缘要我作国王,哼,机缘自然会给我王冕,用不着我去张罗。"

③ "就像我们穿上新衣服一样"原文为 like our strange garments。班柯再次使用了 strange(奇怪)一词,衣服的意象也再次出现。但班柯显然误解了麦克白的真正意图,这导致了他的死亡。

④ 原文为 Come what come may,／Time, and the hour, runs through the roughest day。这句台词化用了一句当时流行的谚语,即 the longest day has an end。"时间"再次出现在麦克白的台词中,runs through 意味着时间就像是沙漏中的沙子一般流逝,非常形象。

⑤ 原文为 We stay upon your leisure,指的是"我们等您回神儿",此处班柯是以下级对上级的语气对麦克白说话。这句话也意味着此时舞台上的三人一齐看向麦克白,但却无人知晓麦克白内心所想。

⑥ 原文为 Give me your favor,即"请原谅",please excuse me。

⑦ 原文为 My dull brain was wrought with things forgotten。这是一句套话,意思是我都忘了我刚才想了什么。

铭刻在我的心版上，①我每天都要把它翻开来诵读。② 让我们到王上那儿去。想一想最近发生的这些事情；等我们把一切仔细考虑过以后，再把各人心里的意思彼此开诚相告吧。③

　　班柯　很好。

　　麦克白　现在暂时不必多说。来，朋友们。（同下。）

---

① 此处运用了一个历史编纂的术语 register，指的是"载入史册"。

② 原文为 where every day I turn / The leaf to read them，这里的 leaf（书页）呼应了上一行的"载入史册"（registered）。

③ 此后麦克白试探过班柯，两人虽然交谈过（如原文所说的 speak each to other），但由于两人话语体系不同、价值观不同，班柯不理解麦克白话语的深层含义，所以麦克白此处说的"开诚相告"（speak our free hearts each to other）其实并未实现。

## 第四场　福累斯。宫中一室

喇叭奏花腔。① 邓肯、马尔康、道纳本、列诺克斯及侍从等上。

邓肯　考特的死刑已经执行完毕没有？监刑的人还没有回来吗？

马尔康　陛下，他们还没有回来；可是我曾经和一个亲眼看见他就刑的人谈过话，他说他很坦白地供认他的叛逆，请求您宽恕他的罪恶，并且表示深切的悔恨。他的一生行事，从来不曾像他临终的时候那样得体；他抱着视死如归的态度，抛弃了他的最宝贵的生命，就像它是不足介意、不值一钱的东西一样。②

邓肯　世上还没有一种方法，可以从一个人的脸上探察他的居心；③他是我所曾经绝对信任的一个人。

麦克白、班柯、洛斯及安格斯上。

---

① 国王角色出场通常奏喇叭花腔，英文为 flourish。
② 叛徒的临终遗言通常具有双重的警示作用：行刑的残酷场面对围观群众来讲本身就是一种警示，而犯人的临终遗言又会直接告诫观众不要叛国。[见 Rebecca Lemon, "Scaffolds of Treason in Macbeth", *Theatre Journal*, Vol. 54, No. 1, Tragedy (Mar., 2002), pp. 25—43: 25.]但从另一个角度来讲，对叛国之恶的提醒，同样是对叛国之恶的预兆。
③ 原文为 There is no art / To find the mind's construction in the face：心口不一、两面派是难以察觉的，邓肯本来评论的是考特，但却无意间点评了麦克白的心口不一，倒令观众心领神会。"表里不一"是莎士比亚时期英国人经常使用的一个词语，英文为 the face is no index to the heart。更有意思的是，邓肯说这句话时，麦克白刚好上场，他的在场又呼应了这句话。

邓肯　啊,最值得钦佩的表弟! 我的忘恩负义的罪恶①,刚才还重压在我的心头。你的功劳太超越寻常了,飞得最快的报酬都追不上你;要是它再微小一点,那么也许我可以按照适当的名分,给你应得的感谢和酬劳;现在我只能这样说,一切的报酬都不能抵偿你的伟大的勋绩。

麦克白　为陛下尽忠效命,它的本身就是一种酬报。接受我们的劳力是陛下的名分;我们对于陛下和王国的责任,正像子女和奴仆一样,为了尽我们的敬爱之忱,无论做什么事都是应该的。

邓肯　欢迎你回来;我已经开始把你栽培②,我要努力使你繁茂。尊贵的班柯,你的功劳也不在他之下,让我把你拥抱在我的心头。

班柯　要是我能够在陛下的心头生长,那收获是属于陛下的。③

邓肯　我的洋溢在心头的盛大的喜乐,想要在悲哀

---

① 此处的"忘恩负义"(ingratitude)可能是邓肯的谦辞,也可能出于他内心的负罪感,呼应了下文对马克康的封赏。按照当时苏格兰的王位继承制,同一亲族里功劳最大者继任为王,但邓肯却越过麦克白,直接将王位传给自己的儿子马尔康,从这个角度来说,他明显违背了凯尔特人的轮流继承制(tanistry),忽视了麦克白对王位的合法主张。(大卫·诺布鲁克,《〈麦克白〉与历史编纂的政治》,《莎士比亚戏剧与政治哲学》,彭磊选编,北京:华夏出版社,2011年,第174页,第187页。)他确实犯下"忘恩负义"的罪了。

② 原文用了 plant(种植,栽种)一词,这里翻译成"栽培"非常合适。

③ 意思就是,我虽然成长,但依然会效忠于您。注意:此处的"栽培"(plant)、繁茂、生长、收获(harvest)均呼应了前文的 seeds of time。班柯对邓肯的奉承和赞美比麦克白更自然,可能因为他的话发自内心;相比之下,麦克白的语言明显更加繁复而费力(不是前文说的 without my stir,而是 with my stir 了)。

的泪滴里隐藏它自己。① 吾儿,各位国戚,各位爵士,以及一切最亲近的人,②我③现在向你们宣布立我的长子马尔康为储君,册封为肯勃兰亲王④,他将来要继承我的王位;不仅仅是他一个人受到这样的光荣,广大的恩宠将要像繁星一样,照耀在每一个有功者的身上。⑤ 陪我到殷佛纳斯⑥去,让我再叨受你一次盛情的招待。

麦克白　不为陛下效劳,闲暇成了苦役。让我做一个前驱者,把陛下光降的喜讯先去报告我的妻子知道;现在我就此告辞了。

邓肯　我的尊贵的考特!⑦

麦克白　(旁白)肯勃兰亲王! 这是一块横在我的前途的阶石,我必须跳过这块阶石,否则就要颠仆在它的上面。⑧ 星星啊,收起你们的火焰! 不要让光亮照见我

---

① 这句台词有些喜极而泣的意味。

② 注意邓肯称呼众人的语序 Sons, kinsmen, thanes, / And you whose places are the nearest。邓肯是按照和自己的关系亲疏来称呼众人的,这种由近及远的称呼方式也让人想起《裘利斯·凯撒》中安东尼的发言"各位朋友,各位罗马人,各位同胞,请你们听我说;我是来埋葬凯撒,不是来赞美他。"这一刻,麦克白和在场众人就已经知道,王位要传给马尔康了。

③ "我"用的是 we,使用了"皇家复数"(royal plural)。

④ 肯勃兰亲王(Prince of Cumberland)相当于英国王储威尔士亲王(Prince of Wales)。莎士比亚和当时的伦敦观众应该都知道,麦克白时期的苏格兰并不是王位世袭制。

⑤ 这里的舞台说明(如果有)是邓肯看向麦克白,因为很明显这句话是对麦克白说的。注意:邓肯感谢了麦克白,却并未感谢同样劳苦功高的班柯。

⑥ 殷佛纳斯(Inverness)位于苏格兰东部沿海,是苏格兰的古都。

⑦ 这句话是邓肯在向麦克白示意,同意他就此告辞。

⑧ 这是全剧非常著名的一句话:that is a step/ On which I must fall down, or else o'er-leap, / For in my way it lies。

的黑暗幽深①的欲望。眼睛啊,别望这双手吧②;可是我仍要下手,不管干下的事会吓得眼睛不敢看。③(下。)

邓肯　真的,尊贵的班柯;④他真是英勇非凡,我已经饱听人家对他的赞美,那对我就像是一桌盛筵。⑤他现在先去预备款待我们了,让我们跟上去。真是一个无比的国戚。⑥(喇叭奏花腔。众下。)

---

① 原文为 black and deep desires。麦克白用了“黑暗幽深的欲望”这个词,表明他知道自己在行邪恶之事。正因为深知其邪恶,所以他要让星星隐去,以便自己在黑暗中行事。

② 原文为 the eye wink at the hand。wink 指的是“不愿看”,不是现代英语中的“眨眼”。注意:此处麦克白的眼睛和手的行为并不一致,他的手在行动,但是眼睛不看,表明他是知其恶而行之,也必将承受作恶的代价。

③ 麦克白此时已有杀邓肯之心,但他不愿说出口,只用 it( when it is done)代称谋杀,这里朱生豪译为“下手”是恰当的。梁实秋译为:“手要做的事,眼睛假装没看见,但是做出之后眼睛怕看的事,还是得要干。”

④ 这段话应该是麦克白下场之后,邓肯与班柯谈论麦克白。

⑤ 宴会(banquet)谐音班柯(Banquo),邓肯以此打趣班柯。

⑥ 邓肯称麦克白为“无比的国戚”(peerless kinsman),显然是将麦克白放在了邓肯自己的子嗣(sons)之后。这表明,凯尔特人的轮流继承制(tanistry)已经遭到质疑,暗含上文邓肯所说的忘恩负义之原罪(sin of ingratitude)。

## 第五场　殷佛纳斯。麦克白的城堡

麦克白夫人上，读信。[1]

麦克白夫人　"她们在我胜利的那天遇到我；我根据最可靠的说法，[2]知道她们是具有超越凡俗的知识的。当我燃烧着热烈的欲望，想要向她们详细询问的时候，她们已经化为一阵风不见了。我正在惊奇不止，王上的使者就来了，他们都称我为'考特爵士'[3]；那一个尊号正是这些神巫用来称呼我的，而且她们还对我作这样的预示，说是'祝福，未来的君王！'我想我应该把这样的消息告诉你，我的最亲爱的有福同享的伴侣，好让你不致于因为对于你所将要得到的富贵一无所知，而失去你所应该享

---

① 第一幕前四场均按照女巫、人间、女巫、人间的顺序上演，按照预期，第五场也该轮到女巫上场，但出现的却是麦克白夫人。这意味着，麦克白夫人可能是"第四个女巫"。麦克白夫人不仅和女巫一样召唤跟班精灵为自己服务，还以女巫致意麦克白的三个头衔迎接麦克白。海涅称麦克白夫人"是一匹极其凶猛的野兽"。[海因里希·海涅：《莎士比亚的少女和妇人》，绿原译，上海：上海文艺出版社，2007 年，第 117页。]还有不少西方评论家认为，麦克白的悲剧结局是女巫的煽动和麦克白夫人的引诱所致，如赫士列特一译哈兹里特就曾提到"麦克白之成为暴君不过是受环境的影响。"，"他是被适宜的机运，妻子和预言的唆弄推上犯罪道路的"[W·哈兹里特，《麦克白》，汪培基译，《英国作家论文学》，上海：三联书店，1985 年，第 23 页]。但实际上，麦克白若无弑君之心，便不会将女巫的预言迫不及待地写信告知"最亲爱的有福同享的伴侣"。

② 原文为 the perfectest report。注意：第一，perfect 不应用最高级，这里违背了正常语法；第二，此处呼应了前文麦克白所提的 imperfect speakers。

③ 麦克白夫人读到"考特爵士"和"祝福，未来的君王"时，通常会重叠三女巫的声音，强化戏剧效果，但这种处理也将麦克白夫人"女巫化"了。

有的欢欣①。把它放在你的心头,再会。"你本是葛莱密斯爵士,现在又做了考特爵士,将来还会达到那预言所告诉你的那样高位。可是我却为你的天性忧虑:它充满了太多的人情的乳臭②,使你不敢采取最近的捷径③;你希望做一个伟大的人物,你不是没有野心,可是你却缺少和那种野心相联属的奸恶;你的欲望很大,但又希望只用正当的手段;一方面不愿玩弄机诈,一方面却又要作非分的攫夺;伟大的爵士,你想要的那东西正在喊:"你要到手,就得这样干!"你也不是不肯这样干,而是怕干。赶快回来吧,让我把我的精神力量④倾注在你的耳中;命运和玄奇的力量⑤分明已经准备把黄金的宝冠⑥罩在你的头上,让我用舌尖的勇气,把那阻止你得到那顶王冠的一切障碍驱扫一空吧。

　　一使者上。

　　麦克白夫人　你带了些什么消息来?

----

① 原文为 That thou mightst not lose the dues of rejoicing by being ignorant of what greatness is promised thee,麦克白认为这是"欢欣"(rejoicing)之事,而非班柯所以为的"害怕"。

② 原文为 milk of human kindness,与后文麦克白夫人呼唤的"将乳汁变成胆汁"相呼应。

③ 原文为 catch the nearest way,这"最近的捷径"显然指谋杀邓肯篡位。它完全悖离了麦克白先前得出的"毫不费力"(without my stir)结论。

④ 原文为 pour my spirits in thine ear,朱生豪将 spirits 译为"精神力量"。但 spirits 也让人联想起女巫的跟班精灵(familiar spirits),再次将麦克白夫人与女巫联系起来。

⑤ 原文为 metaphysical aid,指的是超自然的力量(supernatural power)。

⑥ 原文为 golden round,字面意思是"黄金的圆环",指的就是王冠(crown)。

使者 王上今晚要到这儿来。

麦克白夫人 你在说疯话吗?① 主人是不是跟王上在一起? 要是果真有这一回事,他一定会早就通知我们准备的。

使者 禀夫人,这话是真的。我们的爵爷快要来了;我的一个伙伴比他早到了一步,他跑得气都喘不过来,好容易告诉了我这个消息。

麦克白夫人 好好看顾他;他带来了重大的消息。②(使者下)报告邓肯走进我这堡门来送死的乌鸦③,它的叫声是嘶哑的。来,④注视着人类恶念的魔鬼们! 解除

---

① 此处麦克白夫人的反应可以有两种理解:一是麦克白夫人认为邓肯不可能来得这么快,信使在说疯话;二是她以为说话间女巫的第三个预言已经成真,麦克白已然成为国王,"王上"指的就是麦克白。第二种处理更有意思,因为信使无意间道出了麦克白夫人的心声,她话一出口自己才反应过来。

② 原文为 He brings great news,这里的 great 有"重大的"、"好的"两重含义,麦克白夫人非常果决,她一出场就毫不犹豫地宣称要"采取最近的捷径"(catch the nearest way)了。

③ 乌鸦(raven)是常见的跟班精灵,这个意象再次将麦克白夫人与女巫联系起来。

④ 麦克白夫人召唤魔鬼(spirits),请求魔鬼解除自己的怜悯之心,让自己狠下心来杀害邓肯。这段独白运用排比结构,由三个分别以 come/come to me/come 开头的祈使句组成,结构重复,意义逐层递进。首先,麦克白夫人呼唤魔鬼来(come)解除她的女性特征(unsex me),并要求这些魔鬼"凝结我的血液,不要让怜悯钻进我的心头"(make thick my blood;/Stop up th' access and passage to remorse)。原文中 blood 和 the access and passage 两词让人联想起女性的月经和生育,"使血液凝固"、"使通道阻停"不仅是麦克白夫人呼唤魔鬼解除她的女性身份,也是呼唤魔鬼解除她的生殖身份、人类母亲的身份。接着,麦克白夫人发出第二次 come to me 的召唤,召唤"杀人的助手"(Murdering ministers)。

我的女性的柔弱①,用最凶恶的残忍自顶至踵贯注在我的全身;凝结我的血液,不要让怜悯钻进我的心头,不要让天性中的恻隐摇动我的狠毒的决意! 来,你们这些杀人的助手,你们无形的躯体散满在空间,到处找寻为非作恶的机会,进入我的妇人的胸中,把我的乳水当作胆汁吧!② 来,阴沉的黑夜,用最昏暗的地狱中的浓烟罩住你

---

① 原文为 unsex me here(梁实秋译为"请取去我的女性"),unsex 一词是研究者热衷讨论的对象,*OED* 将 unsex 在英语中的首次出现归给《麦克白》。这个词虽然乍看新颖,但在《麦克白》剧中,这样造词法却并不少见。莎士比亚将 un 前缀放在很多我们熟悉的词语前面,用语言创造出一种陌生世界的疏离感,如 unseam'd (1. 2. 22) / unfix (2. 3. 1) (4. 1. 96) / unmake (1. 7. 54) / unbend (2. 2. 44) / unprovokes (2. 3. 28) / unmannerly (2. 3. 115) / unmann'd (3. 4. 73) / unshrinking (5. 6. 8)等。

② 此次召唤时,麦克白夫人用了"乳房"(breast)、"乳汁"(milk)等表示哺乳行为的词汇,这表明她在召唤魔鬼之时,实际是以母亲形象出现的。阿登版《麦克白》编者肯尼斯·缪尔提出,此段中"take milk for gall"可解释为"将乳汁感染为胆汁"(infect milk to be gall),即麦克白夫人呼唤魔鬼让她从哺乳的慈爱母亲变为"有胆的"(gallous)。gallous 一词词根来自胆汁(gall),古人认为人的性格由体液的性质所决定,多胆汁的人表现为勇敢好斗。阿德尔曼则解释为"take milk as gall",即麦克白夫人的乳汁已变成了胆汁,她以胆汁为乳汁喂养魔鬼,使之更能为非作歹。由此,她也获得了新的生殖身份,即魔鬼母亲的身份。阿德尔曼认为这一哺乳形象让人想到往大锅里投入养料以召唤预言鬼怪的三女巫,只是麦克白夫人比三女巫更可怕,因为三女巫只是间接给魔鬼提供养料,而麦克白夫人则是直接把魔鬼当作孩子去哺乳。同时,威尔伯·桑德斯(Wilbur Sanders)、理查德·赫恩比(Richard Hernby)等学者注意到 come to my woman's breast 一句也有明显的召唤情人的暗示。由此看来,麦克白夫人不仅想成为魔鬼的母亲,也想成为魔鬼的女人。这乱伦的暗示使人想起麦克白在杀害邓肯之前将自己比作强暴鲁克丽丝并最终导致罗马王朝灭亡的塔昆(Tarquin)(2. 1. 55),这一比较也让麦克白与性变态联系起来。最后,麦克白夫人召唤黑夜(night)/夜神(Night)"来"(come),此时,她已完全做好准备,以新的魔鬼的"情人"和"母亲"的双重身份武装好自己,劝服丈夫对邓肯下手了。彼得·斯塔利布拉斯在《麦克白与巫术》("Macbeth　(转下页注)

自己,让我的锐利的刀瞧不见它自己切开的伤口,让青天不能从黑暗的重衾里探出头来,高喊"住手,住手!"

　　　　　麦克白上。

　　麦克白夫人　伟大的葛莱密斯!尊贵的考特!比这二者更伟大、更尊贵的未来的统治者![①] 你的信使我飞越蒙昧的现在[②],我已经感觉到未来的搏动了。

　　麦克白　我的最亲爱的亲人,邓肯今晚要到这儿来。

　　麦克白夫人　什么时候回去呢?

　　麦克白　他预备明天回去。[③]

――――――――

(接上页注)and Witchcraft")中提出"象征同一体"(symbolic unity)的概念,认为"麦克白夫人既是一个非正常的母亲,又是不孕的母亲。这一点将她和女巫们的反圣家庭联系起来……和女巫们一样,麦克白一家组成了一个'反圣'家庭(unholy family),在这个家庭中,孩子是'杀人的助手'"。[以上资料见 William Shakespeare, *Macbeth*, ed. Kenneth Muir, 莎士比亚作品解读丛书,英文影印插图版,北京:中国人民大学出版社,2008 年, Act 1, scene 5, note 48;又见 Janet Adelman, "Escaping the Matrix: The Construction of Masculinity in *Macbeth* and *Coriolanus*," *Suffocating Mothers: Fantasies of Maternal Origin in Shakespeare's Plays*, Hamlet *to* The Tempest, London: Routledge, 1992, pp. 135—136;关于麦克白夫人呼唤跟班精灵(spirits)的性暗示,见 Richard Hornby, "New Life on Broadway", *The Hudson Review*, Vol. 41, No. 3 (1988) p. 515;又见 Wilbur Sanders, *The Dramatist and the Received Idea: Studies in the Plays of Marlowe & Shakespeare*, Cambridge: Cambridge University Press, 2010, p. 268;另见 Peter Stallybrass, "*Macbeth* and Witchcraft," *Focus on* Macbeth, ed. John Russell Brown, London: Routledge, 1982, pp. 197—198.]

① 注意:此处麦克白夫人用了三女巫的预言来称呼麦克白,将自己也化身为女巫之一了。

② 呼应了前文麦克白说的"好让你不致于因为对于你所将要得到的富贵一无所知,而失去你所应该享有的欢欣"。

③ 不少导演会在此处安排麦克白拥抱和亲吻麦克白夫人,表现出夫妻俩的亲密关系。也有导演安排在下一句麦克白夫人说出"O never / Shall sun that morrow see"时,麦克白一脸惊恐,暗示麦克白受了麦克白夫人的蛊惑。这些舞台处理都会对角色形象产生重大的乃至颠覆性的影响。

麦克白夫人　啊！太阳永远不会见到那样一个明天①。您的脸，我的爵爷，正像一本书，人们可以从那上面读到奇怪的事情。您要欺骗世人，必须装出和世人同样的神气；让您的眼睛里、您的手上、您的舌尖，随处流露着欢迎；让人家瞧您像一朵纯洁的花朵，可是在花瓣底下却有一条毒蛇潜伏。我们必须准备款待这位将要来到的贵宾；您可以把今晚的大事交给我去办；凭此一举，我们今后就可以日日夜夜永远掌握君临万民的无上权威。

麦克白　我们还要商量商量。②

麦克白夫人　泰然自若③地抬起您的头来；脸上变色最易引起猜疑。其他一切都包在我身上。④（同下。）

---

① 原文为 O never / Shall sun that morrow see，这是全剧的一句名言，梁实秋译为"休想明朝再见天日"。邓肯确实再也没有见到第二天的太阳。

② 此处麦克白对谋杀还有些犹豫，也可能是因为他知道谋杀的罪恶，避而不提。布劳米勒（Braunmueller）的《麦克白》在这里加了一个破折号，意味着麦克白的话被他的夫人打断了。

③ 原文为 look up clear，朱生豪译为"泰然自若"是合适的。梁实秋译为"只消装出一副坦白的表情"。

④ 原文为 leave all the rest to me，麦克白夫人是麦克白的帮凶，两人配合默契而且互补。麦克白夫人甚至比麦克白更加果断积极。

## 第六场　同前。城堡之前

高音笛奏乐。火炬前导；邓肯、马尔康、道纳本、班柯、列诺克斯、麦克德夫、洛斯、安格斯及侍从等上。

邓肯　这座城堡的位置很好；一阵阵温柔的和风轻轻吹拂着我们微妙的感觉。①

班柯　夏天的客人②——巡礼庙宇③的燕子④，也在这里筑下了它的温暖的巢居，这可以证明这里的空气有一种诱人的香味；檐下梁间、墙头屋角，无不是这鸟儿安置吊床和摇篮的地方：凡是它们生息繁殖之处，我注意到空气总是很新鲜芬芳。⑤

麦克白夫人上。

邓肯　瞧，瞧，我们的尊贵的主妇！到处跟随我们的挚情厚爱，有时候反而给我们带来麻烦，可是我们还是要

---

① 此处"和煦的微风"用了拟人手法（the air/ Nimbly and sweetly recommends itself/ Unto our gentle senses）。邓肯并不知道，这座"位置很好"（pleasant seat）的城堡将会是他的葬身之所。邓肯对这座城堡和谐气氛的由衷赞美再次表明，他的确看不透表面与内在的区别。

② "夏天的客人"（this guest of summer）让人想起莎士比亚的第十八首十四行诗《我可否把你比作夏日》（"Shall I compare thee to a summer's day"）营造出一种温馨美好的气氛。

③ 原文为 temple-haunting，指的是燕子绕着庙宇飞，这是莎士比亚创造的词汇。

④ 燕子（martlet）是一个吉兆，燕子筑巢也象征着安居和生育。

⑤ 原文用了 pendant bed 和 procreant cradle 两个词组，而 breed 和 haunt 两个动词则呼应了班柯的子孙众多。班柯被认为是詹姆斯一世的祖先，子嗣问题也是《麦克白》剧的重要内容。

把它当作厚爱来感谢;①所以根据这个道理,我们给你带来了麻烦,你还应该感耐我们,祷告上帝保佑我们。

麦克白夫人 我们的犬马微劳,即使加倍报效,比起陛下赐给我们的深恩广泽来,也还是不足挂齿的;我们只有燃起一瓣心香,为陛下祷祝上苍,报答陛下过去和新近加于我们的荣宠。②

邓肯 考特爵士呢?我们想要追在他的前面,趁他没有到家,先替他设筵洗尘;不料他骑马的本领十分了不得,他的一片忠心③使他急如星火,帮助他比我们先到了一步。高贵贤淑的主妇,今天晚上我要做您的宾客了。

麦克白夫人 只要陛下吩咐,您的仆人们随时准备把他们自己和他们所有的一切开列清单,向陛下报账④,把原来属于陛下的依旧呈献给陛下。

邓肯 把您的手给我;领我去见我的居停主人。我很敬爱他,我还要继续眷顾他。请了,夫人。⑤ (同下。)

---

① 原文为"The love that follows us, sometime is our trouble, / Which still we thank as love"其实就是一句客气话,指的就是"叨扰了"、"给您添麻烦了"。

② 原文为"For those of old/ And the late dignities heaped up to them, / We rest your hermits"这里的"old and the late dignities"指的就是国王对麦克白的封赏,"we rest your hermits"指的是我们全心为您祝祷,hermits 在 13—16 世纪指的就是为人祝祷的修士(beadsmen)。

③ 原文为"his great love",可以理解为麦克白对国王一片忠心,急于回家安顿好宾客;也可以理解为麦克白对麦克白夫人的爱,着急回家见夫人——麦克白夫妇感情很好,而且麦克白接连打了两场大战,一直没来得及回家。

④ 原文用了 audit(报账)一词,君臣关系被理解为一种可计算的互惠关系。

⑤ 注意:此处邓肯和麦克白夫人的交谈非常礼貌,乃至客套。费力的选词表明了君臣隔阂,彼此都失却了真心。

## 第七场　同前。堡中一室

高音笛奏乐;室中遍燃火炬。[①]　一司膳[②]及若干仆人持着馔食具上,自台前经过。[③]　麦克白上。

麦克白　要是干了以后就完了,那么还是快一点干;[④]要是凭着暗杀[⑤]的手段,可以攫取美满的结果,又可以排除了一切后患;要是这一刀砍下去,就可以完成一切、终结一切、解决一切[⑥]——在这人世上,仅仅在这人

① 第七场的舞台布景显示,这是一场宴会。

② 原文为 sewer,意为为君主试菜尝毒的仆人。在莎士比亚的时代,sewer 指的是专门负责君主饮食的人,即朱生豪翻译的"司膳"。

③ 仆人持着馔食具上场是以默剧(Dumbshow)形式演出的。

④ 第一幕第七场 1—4 行,麦克白思考起谋杀邓肯的可行性:"要是干了以后就完了,那么还是快一点干;要是凭着暗杀的手段,可以攫取美满的结果,又可以排除了一切后患"。第一行原文连用四个 it,创造出集中、短促而模糊的效果,似乎"谋杀"这个词过于恐怖和沉重,让麦克白说不出口,只能以代词"它"代替,呼应了第一幕第四场第 49—53 行麦克白提到的"星星啊,将你的光焰藏起来吧……望就望吧! 当我下手时,那眼睛会害怕得不敢看这双手的"。

⑤ 此处台词虽提及"谋杀",但非观众熟悉的 murder,而是用了当时大多数伦敦观众非常陌生的外来语——assassination。assassin 来自阿拉伯语,原指十字军东征时期的某些穆斯林狂热分子刺杀基督教领袖[参见"assassin",*Oxford English Dictionary* (*OED*), 2nd ed., CD-ROM (New York: Oxford UP, 2009)]。可能很多伦敦观众是在观看《麦克白》时,才第一次听到这个词。麦克白不愿言说谋杀邓肯之事,先使用代词 it 来规避原词,后使用外来语 assassin 将其陌生化,但第一句的 it+虚拟语气的用法却早已暴露出他不愿言说的内心隐秘:他决意动手刺杀邓肯,且确信谋杀必成——他已经将"它"当作前提,用在条件状语从句中了。

⑥ 原文为 that but this blow / Might be the be-all and the end-all,这里的 be-all 和 end-all 都是莎士比亚创造的词语。

世上,在时间这大海的浅滩上①;那么来生我也就顾不到了②。可是在这种事情上,我们往往逃不过现世的裁判;我们树立下血的榜样,教会别人杀人,结果反而自己被人所杀;把毒药投入酒杯里的人,结果也会自己饮酖而死,这就是一丝不爽的报应③。他④到这儿来本有两重的信任:第一,我是他的亲戚,又是他的臣子,按照名分绝对不能干这样的事;第二,我是他的主人,应当保障他身体的安全,怎么可以自己持刀行刺? 而且,这个邓肯秉性仁慈,处理国政,从来没有过失,⑤要是把他杀死了,他的生前的美德,将要像天使一般发出喇叭一样清澈的声音,向世人昭告我的弑君重罪;"怜悯"像一个赤身裸体在狂风中飘游的婴儿,又像一个御气而行的天婴,将要把这可憎的行为揭露在每一个人的眼中, 使眼泪淹没叹息。⑥ 没

---

① 原文为 bank and shoal of time,直译为"时间的岸和浅滩"。《麦克白》出现了多处对时间的描述,麦克白本人也不例外,他非常痴迷于时间和描述时间。

② 原文为 we'd jump the life to come,这里的 the life to come 指的是"来生,下辈子"。

③ 原文为 even-handed justice。这里将"公平"比作一个手端得很平的人,让人想起法庭的标志——天平。

④ 注意:《麦克白》的人称代词使用非常混乱,暴露出麦克白作恶时的矛盾心理。这里的 He 很明显指的不是上一句中的"公平"(Justice),而是邓肯。

⑤ 据霍林斯赫德记载,邓肯性格软弱温和,不善赏罚,后期政局混乱动荡 [见 Raphael Holinshed, *Holinshed's Chronicles of England*, *Scotland and Ireland*, ed. Henry Ellis, New York: AMS Press, Inc. , 1808, vol. 5 p. 265],他的统治软弱懒惰(feeble and slothfull administration of Duncane)[同上, p. 269]。但莎士比亚却将邓肯塑造成一个好君主,连麦克白都承认邓肯"政治清明"(clear in his great office)。

⑥ 克林斯·布鲁克斯(Cleanth Brooks)曾以《赤裸的婴儿与男子的斗篷》("The Naked Babe and the Cloak of Manliness")为题,讨论过(转下页注)

有一种力量可以鞭策①我实现自己的意图,可是我的跃
跃欲试的野心,却不顾一切地驱着我去冒颠踬的
危险。② ——

　　　　　　麦克白夫人上。

　　麦克白　啊!什么消息?

　　麦克白夫人　他快要吃好了;你为什么从大厅里跑
了出来? 　③

―――――――――

(接上页注)《麦克白》的一句台词:"怜悯像一个赤身裸体在狂风中健
步的婴儿,又像一个御气而行的天婴"(1.7.22—23)。布氏觉得这句
话自相矛盾,他自问道:"这个比喻多少有些奇怪。这个婴儿是自然的
还是超自然的?"天婴"(cherubin)在圣经中首次出现于《创世纪》
(3.24),亦称基路伯天使,随后多指有翼的天使,能够藉风而行。诗篇
中就有"他坐着基路伯飞行,他藉着风的翅膀快飞"(《诗篇18.10》)诗
句。此处麦克白用"天婴藉风而行"描述怜悯之心对人的普遍而强大
的影响,担心自己的罪行会最终暴露(1.7.24—25)。在《威尼斯商人》
(The Merchant of Venice)中,罗兰佐也曾对杰西卡说道"(天体)在转动的
时候都会发出天使般的歌声,永远应和着嫩眼的天婴的妙唱"(5.1.
61—62)。新生的婴儿通常软弱无助,当然还不会挪步,更谈不上健步
而行。那么,这个婴儿是婴儿大力士赫拉克利斯吗?赫拉克利斯当
然能在狂风中健步而行,但这样的婴儿既有大力,便不会无助,又怎能
成为典型的怜悯对象?"[见 Cleanth Brooks,"The Naked Babe and the
Cloak of Manliness", The Well Wrought Urn: Studies in the Structure of Poetry,
New York: Harcourt Brace Jovanivich Publishers, 1947, p.29.]最后,布氏
解答道:这个"婴儿"的意象看似矛盾,但正是这种矛盾表现出了人们
因邓肯无辜被害而生出的无助和怜悯。这看似柔弱的,却又蕴含无比
强大力量的怜悯,正如赤身婴儿的健步而行,让杀人者麦克白心生畏
惧。[同上,p.49]。

① 原文为 I have no spur / To prick the sides of my intent。注意:麦克白这里
再次用了"骑马"的意象。

② 这句话再次表明,麦克白知道自己在作恶,也知道作恶的后果,但他还
是选择了作恶。谋杀是他自己的选择,并非三女巫的诱惑和麦克白夫
人的怂恿。

③ 这句话表明,麦克白刚才的独白,是他从宴会离席而作的。主人不款
待宾客,却溜出宴会大发感慨,是非常不礼貌的。

麦克白　他有没有问起我？

麦克白夫人　你不知道他问起过你吗？①

麦克白　我们还是不要进行这一件事情吧。他最近给我极大的尊荣；我也好容易从各种人的嘴里博到了无上的美誉，我的名声现在正在发射最灿烂的光彩，不能这么快就把它丢弃了。②

麦克白夫人　难道你把自己沉浸③在里面的那种希望，只是醉后的妄想④吗？它现在从一场睡梦中醒来，因为追悔自己的孟浪，而吓得脸色这样苍白吗⑤？从这一刻起，我要把你的爱情看作同样靠不住的东西。你不敢让你在行为和勇气上跟你的欲望一致吗？⑥你宁愿像一头畏首畏尾的猫儿⑦，顾全你所认为生命的装饰品的名誉⑧，不惜让你在自己眼中成为一个懦夫，让"我不敢"永

---

① 此处，不同的演出版本采用了不同的标点法，不同的断句也会形成不同的理解。如"你不知道他问起过你吗？（Know you not he has？重音在 know 上）"，又如"Know you not, he has？"（你不知道吗？他有没有问过？）

② 夫妇俩密谋时不愿提到邓肯的名字，只用"他"来代替。这句话也显示，麦克白动摇了。

③ 原文用了 dressed 一词，再次指向"服装"。此处，"希望"成了麦克白穿着的服装。

④ "醉后的妄想"对应第二幕第三场喝醉的门房（the porter）。

⑤ 原文为 green and pale，脸色苍白，就像喝醉了一般，与上文"醉后的妄想"相互呼应。

⑥ 麦克白夫人通过质疑麦克白的男子气和麦克白对她的爱情，刺激丈夫采取行动证明自己。

⑦ 原文引用的是一句英语谚语 The cat wanted to eat fish but dared not get her feet wet，中文漏译了"格言里的（猫儿）"。

⑧ 此处有误译，原文为 Wouldst thou have that / Which thou esteem'st the ornament of life，/ and live a coward in thine own esteem，/ Letting "i dare not"，wait upon "I would"，/ Like the poor cat i' th' adage? 从上下文来看，这个"生命的装饰品"可能指的不是"名誉"，而是"王位"。

远跟随在①"我想要"的后面吗?

麦克白 请你不要说了。只要是男子汉做的事,我都敢做;没有人比我有更大的胆量。②

麦克白夫人 那么当初是什么畜生③使你把这一种企图④告诉我的呢?是男子汉就应当敢作敢为;要是你敢做一个比你更伟大的人物,那才更是一个男子汉。那时候,无论时间和地点都不曾给你下手的方便,可是你却居然决意要实现你的愿望;现在你有了大好的机会,你又失去勇气了⑤。我曾经哺乳过婴孩,知道一个母亲是怎样怜爱那吮吸她乳汁的子女;可是我会在它看着我的脸微笑的时候,从它的柔软的嫩嘴里摘下我的乳头,把它的脑袋砸碎,要是我也像你一样,曾经发誓下这样毒手的话。⑥

──────────

① 原文为 wait upon,指服侍。这里用了拟人手法,意思是"我不敢"(I dare not)是服侍"我想要"(I would)的仆人,所以永远跟随在"我想要"的后面。

② 原文为 Who dares do more, is none。

③ 此处麦克白夫人可能没听懂麦克白的决心,也可能是想强化麦克白的决心,故意为之。她继续质疑麦克白的男子气概,刺激麦克白下手。这里的"畜生"(beast)对应上文的"没有人"(none)。

④ 原文为 this enterprise,意为"这项大事业"。

⑤ 原文为 unmake you。注意:这句台词同样试用了"un+动词"构成反义词的方法,make(成就)与 unmake(毁灭)构成强烈对比。

⑥ 原文第 54 行麦克白夫人提到自己"曾经哺乳过婴孩"。但与第 56—59 行她谈及杀害孩子所用的虚拟语气不同,在谈到自己"哺乳"和作为"一个母亲"的经历时,麦克白夫人使用了现在完成时、一般现在时以及陈述语气──该语法现象表明:麦克白夫人说她曾经生育过孩子,这是事实,并非虚构。同时,原文第 57 行的 his 指明这个孩子是个男孩。诚然,根据《牛津英语字典》(OED),在早期现代英国 his 与指代无性别婴儿的 its 可以通用,即第 57 行的 his 可能并无性别暗示。但莎士比亚在第 56 行使用了 it、第 57 行使用了 his、第 58 行使用了可与 his 通用的 the,上述代词的连续使用显示,莎士比亚注意到了 its 和 his 的区别,他在第 57 行使用 his 是为了强调孩子的性别,即:这个(转下页注)

（接上页注）孩子不仅存在，而且是个男孩。查阅莎士比亚可能引为素材的有关麦克白的历史记录，可以发现这个婴孩并非莎士比亚虚构，而是有其历史原型。据霍林斯赫德（Holinshed）的《英格兰、苏格兰和爱尔兰编年史》的"苏格兰史"考证，麦克白有一继承人 Lugtake，此人"或是麦克白的亲生儿子，或是麦克白的其他亲属，后为麦克德夫所杀"。[见 Raphael Holinshed, *Holinshed's Chronicles of England, Scotland and Ireland*, ed. Henry Ellis, New York：AMS Press, Inc., 1808, Vol. 5, p. 278.] 另据记载，麦克白夫人 Gruoch ingen Boite 曾嫁于 Gille Coemgain 为妻，生育一子 Lulach MacGille Coemgain。1032 年，丈夫被杀后，Gruoch 改嫁麦克白，史称麦克白夫人（Gruoch, Lady Macbeth），再婚后是否生育不详。麦克白死后，LuLach 继位为苏格兰王，在位一年被杀。[见 A. A. M. Duncan, *The Kingship of the Scots 842—1292：Succession and Independence*, Edinburgh：Edinburgh University Press, 2002, pp. 102—103.] 此外，博伊斯的《苏格兰史》（*Scotorum Historiad*）（1574）、布坎南的《苏格兰史》（*Rerum Scotican Historia*）（1582）均记载麦克白夫妇有过孩子。虽然各种材料对于孩子的身世各执一词，但都承认麦克白夫人的孩子确有其人。布雷德利（A. C. Bradley）首先专门讨论了这个孩子。他在《莎士比亚的悲剧》（1932）"麦克白"的注解中，暗示麦克白夫妇的孩子是真实存在的，并把这个暗示作为他推理的前提。不过这个孩子后来命运如何，布雷德利没有继续讨论，因为"这与戏剧无关"。[A. C. Bradley, *Shakespeaean Tragedy*, London：Macmillan, 1932, p. 489.] 1933 年，奈茨（L. C. Knights）发表《麦克白夫人有过几个孩子?》一文，指出麦克白夫人的孩子只是象征，为的是表现麦克白夫人的残忍；去探讨她说了什么、她说的是不是事实、她为什么这么说，全无意义。尽管以孩子为题，但奈茨通篇并未涉及这一话题，反而提出研究"麦克白夫人有过几个孩子"十分荒谬，并指责以布雷德利为代表的评论家是"以侦探式的兴趣代替了评论"[见 L. C. Knights, "How Many Children Had Lady Macbeth?", in *Explorations：Essays in Criticism Mainly on the Literature of the Seventeenth Century*, New York：New York University Press, 1964, p. 17.]，将戏剧角色和真实人物等同起来，将莎剧和小说等同起来，反而忽视了莎士比亚戏剧最精华的部分，即语言的诗意。但奈茨并不能完全绕过对于情节和人物性格的讨论。有趣的是，30 年后，奈茨本人提到这篇文章，也表示后悔。[见 Carol Chillington Rutter, *Shakespeare and Child's Play：Performing Lost Boys on Stage and Screen*, London：Routledge, 2007, pp. 168—169.] 克林斯·布鲁克斯（Cleanth Brooks）也把麦克白夫人的这个孩子视作"象征"。他认为，"孩子"是《麦克白》剧中 （转下页注）

麦克白 假如我们失败了——①

麦克白夫人 我们失败！只要你集中你的全副勇气②，我们决不会失败。邓肯赶了这一天辛苦的路程，一定睡得很熟；我再去陪他那两个侍卫饮酒作乐，灌得他们头脑昏沉、记忆化成一阵烟雾；等他们烂醉如泥、像死猪③一样睡去以后，我们不就可以把那毫无防卫的邓肯随意摆布了吗？我们不是可以把这一件重大的谋杀罪案，推在他的酒醉的④侍卫身上吗？

麦克白 愿你所生育的全是男孩子，因为你的无畏的精神，只应该铸造一些刚强的男性。⑤ 要是我们在那

---

（接上页注）阐明主题的意象，这一点尤其体现在孩子和未来的关系上。"麦克白夫人为抓住未来，不惜任何代价，如果她自己的孩子挡住未来之路，她情愿摔碎自己孩子的头颅——但她这么做，正是否定未来，因为孩子正是未来的象征。"［见 Cleanth Brooks，"The Naked Babe and the Cloak of Manliness，" *The Well Wrought Urn*：*Studies in the Structure of Poetry*，New York：Harcourt Brace Jovanivich，1947，p. 46］。

① 此处的破折号显示，麦克白夫人直接打断了麦克白的话。
② 原文为 screw your courage to the sticking place，将"鼓起勇气"比喻成给乐器上弦。
③ 原文为 swinish sleep，"猪一样的睡眠"，指的是"睡得像猪一样熟"，这个词也是莎士比亚的创造。
④ 原文用了 spongy，这个词是莎士比亚时代经常用来形容醉汉的一个词。
⑤ 原文为 Bring forth men-children only；/ For thy undaunted mettle should compose/Nothing but males. (1. 7. 73—75) 第 74 行的 mettle（勇气）与 metal（金属）谐音双关，第 75 行的 males（男性）与 mails（盔甲）谐音双关，既指麦克白夫人胆大勇猛，也暗示她没有女性特征、没有感情，如同盔甲和金属一般。由此反推，可见第 73 行麦克白所说的 men-children 不仅指性别（male-children），还指成熟度（adult-children）。这样的 men-children 虽身为孩子，却不会"实施罪行像个小儿"（3. 4. 143）。他正如"流血的小儿"（bloody child）所要求麦克白的那样，"残忍、勇敢、坚决"（4. 1. 79），而且一生下来就有盔甲（mails）保护，不受任何伤害。珍妮特·阿德尔曼（Janet Adelman）在《令人窒息的母亲：（转下页注）

睡在他寝室里的两个人身上涂抹一些血迹,而且就用他们的刀子,人家会不会相信真是他们干下的事?

麦克白夫人　等他的死讯传出以后,我们就假意装出号啕痛哭的样子,这样还有谁敢不相信?

麦克白　我的决心已定,我要用全身的力量,去干这件惊人的举动。① 去,用最美妙的外表把人们的耳目欺骗②;奸诈的心必须罩上虚伪的笑脸。③（同下。）

---

(接上页注)莎剧中对母源的幻想,从〈哈姆雷特〉到〈暴风雨〉》中提出,麦克白通过杀死邓肯、成为麦克白夫人的儿子,而成为男人;这种行为本质上是男性逃离母亲、母体并寻找一个"男性母亲"(all-male mother)以成为男人的心理过程。[见 Janet Adelman, "Escaping the Matrix: The Construction of Masculinity in *Macbeth* and *Coriolanus*," *Suffocating Mothers: Fantasies of Maternal Origin in Shakespeare's Plays*, Hamlet *to* The Tempest, London: Routledge, 1992, pp. 130 — 147.]

① 原文为 terrible feat,这里的 terrible 有"惊人的"、"可怕的"两重含义。

② 原文为 mock the time with fairest show: false face must hide what the false heart doth know,这句台词很容易让莎士比亚时期的观众联想起当时的重要政治事件——火药阴谋(Gunpowder Plot)。

③ 原文为 False face must hide what the false heart doth know,这里的 false 有两层含义,一是"假的"、二是"错的"。这句话对应了第一幕第五场麦克白夫人的建议"您要欺骗世人,必须装出和世人同样的神气;让您的眼睛里、您的手上、您的舌尖,随处流露着欢迎;让人家瞧您像一朵纯洁的花朵,可是在花瓣底下却有一条毒蛇潜伏。"麦克白接受了麦克白夫人的建议,也说起了麦克白夫人的台词。

第二幕

### 第一场　殷佛纳斯。堡中庭院

仆人执火炬引班柯及弗里恩斯上。

**班柯**　孩子,夜已经过了几更了?

**弗里恩斯**　月亮已经下去;①我还没有听见打钟。

**班柯**　月亮是在十二点钟下去的。

**弗里恩斯**　我想不止十二点钟了,父亲。

**班柯**　等一下,把我的剑拿着。天上也讲究节俭,把灯烛一起熄灭了。② 把那个也拿着。③ 催人入睡的疲倦,像沉重的铅块一样压在我的身上,可是我却一点也不想睡。慈悲的神明!④ 抑制那些罪恶的思想,不要让它们潜入我的睡梦之中。

麦克白上,一仆人执火炬随上。

**班柯**　把我的剑给我。——那边是谁?⑤

**麦克白**　一个朋友。

---

① 此处的"月亮"是阴性的,所以用"她"(she)来指代。

② 把星星比作"天上的蜡烛"是莎士比亚时期的常见比喻。这句话营造出夜晚气氛,让观众想象此刻正是黑夜。

③ "那个"没有明指是什么,也许是班柯身配的匕首,也许是披风。这句话起到了舞台说明的作用:班柯先让弗里恩斯拿着他的剑,又将匕首或者披风解下,递给弗里恩斯。

④ 原文为merciful powers,班柯可能非常疲惫,但却又思绪万千、无法入睡,如他下文所说,"昨天晚上我梦见那三个女巫";而第三幕第二场麦克白也经历了失眠,如他所说,"那些罪恶的思想……潜入我的睡梦之中"。

⑤ 这句话也起到了舞台说明的作用:麦克白的突然出现惊吓到了班柯,后者立即举起了刚刚卸下的剑。班柯此刻警惕的反应,也从侧面表明了他的紧张。

班柯　什么，爵节！还没有安息吗？王上已经睡了；他今天非常高兴，赏了你家仆人许多东西。这一颗金刚钻是他送给尊夫人的，他称她为最殷勤的主妇。无限的愉快笼罩着他的全身。①

麦克白　我们因为事先没有准备，恐怕有许多招待不周的地方。

班柯　好说好说。② 昨天晚上我梦见那三个女巫；③她们对您所讲的话倒有几分应验。

麦克白　我没有想到她们；④可是等我们有了工夫，不妨谈谈那件事，要是您愿意的话。

班柯　悉如尊命。

麦克白　您听从了我的话，包您有一笔富贵到手。⑤

班柯　为了觊觎富贵而丧失荣誉的事，我是不干的；要是您有什么见教，只要不毁坏我的清白的忠诚，我都愿意接受。

麦克白　那么慢慢再说，请安息吧。

---

① 从班柯描述的日程来看，班柯此行是作为邓肯特使，将礼物赐予麦克白夫人。注意：原文使用了一般现在时，而非一般过去时。这可能是莎士比亚本意，也可能是语法错误或编辑错误，引发了很多讨论。

② 在某些版本中，弗里恩斯在这里退场，留下班柯和麦克白两人对谈；但在另外一些版本中，弗里恩斯是和班柯一起退场的，这意味着他也听到了班柯和麦克白的对话，知道了三女巫的预言。

③ 注意：此处班柯主动提起了三女巫。这意味着他一直在想三女巫的预言，这可能就是让他夜不能寐、心思沉重的原因。

④ 麦克白说他"没有想到三女巫"，但实际上他却一直在思考三女巫的预言。又是一处麦克白心口不一、表里不一的证据。

⑤ 原文为 it shall make honor for you。很显然，麦克白说的 honor 指的是富贵荣耀（fame），而非真正的荣誉（honor）。

　　**班柯**　谢谢;您也可以安息啦。( 班柯、弗里恩斯同下。)

　　**麦克白**　去对太太说要是我的酒①预备好了,请她打一下钟。② 你去睡吧。(仆人下)在我面前摇晃着、它的柄对着我的手的,不是一把刀子吗?③ 来,让我抓住你。我抓不到你,可是仍旧看见你。不祥的幻象,你只是一件可视不可触的东西吗? 或者你不过是一把想像中的刀子④,从狂热的脑筋里发出来的虚妄的意匠? 我仍旧看见你,你的形状正像我现在拔出的这一把刀子一样明显。⑤ 你指示着我所要去的方向,告诉我应当用什么利器。我的眼睛倘不是上了当,受其他知觉的嘲弄,就是兼领了一切感官的机能。我仍旧看见你;你的刃上和柄上还流着一滴一滴刚才所没有的血。没有这样的事;杀人的恶念⑥使我看见这种异象。现在在半个世界上,一切

──────────

① 指睡前所喝的牛乳酒。

② 预示着下文第 61 行的钟声。钟声在《麦克白》剧中多次出现,回环往复,不仅贯穿不同场景,而且前后呼应。

③ 麦克白出现了幻觉。在很多舞台作品和动画作品中,麦克白的幻觉被具象化了,他脑中的匕首变成了真正的杀人凶器。匕首的手柄对着麦克白的手,而不是刀刃对着他,这意味着匕首不是要麦克白的命,而是引诱他握住匕首去杀人。有人认为,麦克白的悲剧是受其夫人和三女巫的蛊惑,但正如斯达尔夫人所说,"剧中的神怪现象,可以说只不过是人物所想象出来的幻觉,而由作者表现在观众眼前而已。……是人物的欲望极其强烈时所梦想出来神奇现象"。[ 杨周翰编选《莎士比亚评论汇编》(上),北京:中国社会科学出版社,1979 年,第 364 页。]

④ 原文为 a dagger of the mind,脑中的匕首。

⑤ 这句台词提示,麦克白可能抽出了自己的刀。但他似乎还很犹豫:这把刀到底是真实还是幻象?

⑥ 原文为 bloody business,委婉语,指的是谋杀邓肯。这里直接用了 bloody 的本意"血腥的"。

生命仿佛已经死去,罪恶的梦景扰乱着平和的睡眠,作法的女巫在向惨白的赫卡忒①献祭;形容枯瘦的杀人犯②,听到了替他巡哨、报更的豺狼的嗥声,仿佛淫乱的塔昆③蹑着脚步像一个鬼似的向他的目的地走去。坚固结实的大地啊,不要听见我的脚步声音是向什么地方去的,我怕路上的砖石会泄漏了我的行踪,把黑夜中一派阴森可怕的气氛破坏了。④ 我正在这儿威胁他的生命,他却在那儿活得好好的⑤;在紧张的行动中间,言语不过是一口冷气。⑥(钟声)⑦我去,就这么干;钟声在招引我。不要听它,邓肯,这是召唤你上天堂或者下地狱的丧钟。⑧(下。)

---

① 赫卡忒(Hecate)是月亮女神,月亮是苍白的,所以是"惨白的赫卡忒"。

② 原文为 withered Murder,其实是将"谋杀"拟人化了,指的是面容枯槁的谋杀。

③ 在长诗《鲁克丽丝受辱记》("The Rape of Lucrece")中,塔昆蹑手蹑脚地潜入鲁克丽丝的闺房,强暴了她。莎士比亚对塔昆的犯罪心理做了一番生动的描写。

④ 石头如果会说话,就会泄露麦克白的内心隐秘,破坏这一刻死寂的恐怖气氛。麦克白的这句话似乎梦呓,显示出他的紧张亢奋。在此寂静的夜里,麦克白因为心中的恶念而草木皆兵、疑神疑鬼,似乎大地和石头都有了生命,他的感官被无限放大了。

⑤ 原文为 Whiles I threat, he lives; threat 指的是"我只是构成威胁(只是说说而已,还没动手),他(邓肯)还活着",与下文的"言语不如行动"(Words to the heat of deeds too cold breath gives)是一个意思。

⑥ 原文为 Words to the heat of deeds too cold breath gives,意思就是"言语不如行动"。麦克白的语言极具诗意,描述出他内心的震荡和对所行罪恶之事的种种反应。但是,在连续杀害了邓肯、班柯和麦克德夫妻儿全家之后,麦克白似乎已经习惯了谋杀,他变得更加冷酷麻木、毫无情感,语言也变得简单直接、多使用祈使句,我们逐渐看不到他的内心了。

⑦ 这里的钟声呼应了上文麦克白叫仆人让麦克白夫人敲钟。麦克白说"钟声在招引我"(the bell invites me),显然是他在推卸责任,因为实际上钟是他让人敲响的。

⑧ 丧钟,原文为 knell,此处的丧钟不仅是邓肯的丧钟,也是麦克白让麦克白夫人亲自敲响了自己的丧钟。

## 第二场　同前

麦克白夫人上。

麦克白夫人　酒把他们醉倒了，却提起了我的勇气；浇熄了他们的馋焰，却燃起了我心头的烈火。听！不要响！这是夜枭①在啼声，它正在鸣着丧钟②，向人们道凄厉的晚安。他在那儿动手了。③ 门都开着，那两个醉饱的侍卫用鼾声代替他们的守望；我曾经在他们的乳酒里放下麻药，瞧他们熟睡的样子，简直分别不出他们是活人

---

① 夜枭即猫头鹰（Owl），在《鲁克丽丝受辱记》中也有类似描述。

② 原文中此处有两种声音，一是猫头鹰的叫声，一是更夫的敲钟声。朱生豪译文去掉了钟声，理解成猫头鹰的啼声就像是钟声。梁实秋译为"原来是枭鸟的一声锐叫，恰似那凶兆的更夫来说了一声最惨淡的夜安"，更符合原文。

③ 原文为 He is about it，使用了低调陈述（understatement）。麦克白和麦克白夫人知道谋杀的罪恶，避而不提谋杀的字眼。麦克白之所以欲言又止，正是因为他知善恶，亦知作恶的后果。"与莎士比亚创造的其他悲剧主人公不同，麦克白清楚自己是咎由自取，而且在犯下那些折磨他的罪行之前，他就知道这番痛苦已在不远处等候自己了。"[ 参见 John D. Cox, "Religion and Suffering in Macbeth", *Christianity and Literature*, Vol. 62, No. 2（Winter 2013）pp. 225—240: 230. ] 有学者认为，莎士比亚着力描述麦克白作恶时的复杂内心活动，是在警告观剧之人莫要叛国，因为麦克白走的是考特爵士的老路，而考特爵士在伏法前"很坦白地供认他的叛逆，请求您宽恕他的罪恶，并且表示深切的悔恨"（1.4.5—7）。的确，麦克白对自己内心感受的探索，不仅让观众近距离地观察到作恶之人被囚于地狱之中备受折磨，还邀请观众一起探索自己内心的邪恶之处。我们"倾听麦克白，就像是倾听我们自己的心跳声"，我们"观看麦克白，质疑自己内心中罪恶之高深，并在齐腰深的血海中测试自己。"[ 见 Lisa Low, "Ridding Ourselves of Macbeth", *The Massachusetts Review*, Vol. 24, No. 4（Winter, 1983）, pp. 826—837: 826—827. ]

还是死人。

麦克白 （在内）那边是谁？喂!①

麦克白夫人 嗳哟! 我怕他们已经醒过来了,这件事情②却还没有办好;不是罪行本身,而是我们的企图毁了我们③。听! 我把他们④的刀子都放好了;他⑤不会找不到的。倘不是我看他⑥睡着的样子活像我的父亲,⑦我早就自己动手了。我的丈夫!⑧

> 麦克白上。

麦克白 我已经把事情办好了。⑨ 你没有听见一个声音吗?⑩

麦克白夫人 我听见枭啼和蟋蟀的鸣声。⑪ 你没有

---

① 在某些版本中,麦克白在此处上场;另一些版本中,麦克白刚刚行了谋杀之事,还未登场,所以此时用的是画外音。这里的"Who's there? What ho?"也让人想起班柯上一场中极端紧绷的情绪,写出了谋杀者的恐惧和紧张。

② 原文用了 it 代替谋杀,中文译为"这件事情"很合适。

③ 麦克白夫人并没有直接回答麦克白的问题,而是自顾自地往下安排。注意:麦克白夫人也不提"谋杀"这个词,而是用了 it/ the attempt/ the deed 来代替。

④ 此处的"他们"指的是侍卫们。

⑤ 此处的"他"指的是麦克白。

⑥ 此处的"他"指的是邓肯。

⑦ "熟睡的父亲"(the sleeping father)是莎剧中经常出现的形象,如在《亨利四世》(下)中,哈尔王子就趁着父亲熟睡,偷走了父亲的王冠。

⑧ 此处,麦克白夫人可能看向舞台一端,因为麦克白上场了。她可能是因为情绪紧张,没有注意到麦克白上场,故而问了这句话;也可能是因为灯光昏暗,看不清来人是谁。

⑨ 原文为 I have done the deed。麦克白不敢用谋杀和杀人的词,用了 the deed 来代替。在舞台表演中,麦克白此时的坚定常常与后来他听到还要返回凶杀现场放置匕首时的崩溃形成了对照。

⑩ 这里的声音让谋杀更加可怕,神经紧绷的麦克白此刻似乎出现了幻听。

⑪ 蟋蟀的鸣声是夜晚经常会听到的。

讲过话吗?①

　　麦克白　什么时候?

　　麦克白夫人　刚才。

　　麦克白　我下来的时候吗?　②

　　麦克白夫人　嗯。　③

　　麦克白　听! 谁睡在隔壁的房间里?

　　麦克白夫人　道纳本。

　　麦克白　(视手)好惨!④

　　麦克白夫人　别发傻,惨什么。

　　麦克白　一个人在睡梦里大笑,还有一个人喊"杀人啦!"⑤他们把彼此惊醒了;我站定听他们;可是他们念完祷告,又睡着了。

　　麦克白夫人　是有两个睡在那一间。⑥

　　麦克白　一个喊,"上帝保佑我们!"一个喊,"阿门!"好像他们看见我高举这一双杀人的血手似的。听

---

① 在这样安静又可怕的夜里,神经紧绷的麦克白夫人似乎也幻听了。

② "你没有讲过话吗?""什么时候?""刚才。""我下来的时候吗?"这四句台词短促、紧张,构成一个五音步,表明两人的话轮转换迅速,两人的关系亲密,两人的谋划见不得人,两人的情绪非常紧张。

③ 原文为 Ay,像是答应对方,亦像是一声叹息。

④ 原文为 This is a sorry sight,这是《麦克白》中很著名的一句台词。麦克白可能是注视着自己的双手说的,他的手因为杀人而沾满了鲜血。此时麦克白注视着手上的鲜血,或是握着手里滴血的匕首,但异乎寻常的紧张情绪让他无法思考。注意:此时麦克白的"血手"呼应了第一幕女巫的"血手"。

⑤ 没人知道这两个人指的到底是谁,一说这两个人指的是下文的 sleepy grooms。

⑥ 这里的"有两个"可能指的是马尔康和道纳本。

着他们惊慌的口气,当他们说过了"上帝保佑我们"以后,我想要说"阿门",却怎么也说不出来。①

麦克白夫人 不要把它放在心上。

麦克白 可是我为什么说不出"阿门"两个字来呢?我才是最需要上帝垂恩的,可是"阿门"两个字却哽在我的喉头。

麦克白夫人 我们干这种事,②不能尽往这方面想下去;这样想着是会使我们发疯的。

麦克白 我仿佛听见一个声音喊着:"不要再睡了!麦克白已经杀害了睡眠,③"那清白的睡眠,把忧虑的乱丝编织起来的睡眠,那日常的死亡,疲劳者的沐浴,受伤的心灵的油膏,大自然的最丰盛的菜肴,生命的盛筵上主要的营养,——④

麦克白夫人 你这种话是什么意思?

---

① 阿门,希伯来文 Amen,意思是"真诚、实实在在的",是犹太教、基督教的宗教用语,在礼拜和祷告时表示同意或肯定的意思。《新约》中耶稣用"阿们"做祈祷文的结束语,基督教沿用此词做祈祷和崇拜礼仪的结束语,表示"诚心所愿"。麦克白深知自己的罪恶,说不出来"阿门"。注意:对比《哈姆雷特》中的叔父克劳迪斯在杀死老哈姆雷特之后,仍能如常祷告。

② 麦克白夫人用了 the deed 一词,避 murder 不提。

③ 原文为 Sleep no more. / Macbeth does murder sleep. 台词 *Sleep No more* 成为了《麦克白》改编的一出红极一时的沉浸戏剧的剧名,中文译为《无法入睡/不眠之夜》。整个剧场就是一间大酒店,演员在酒店来回穿梭,讲述着符合各自身份的故事,而观众带着面具,可以来回参观,可以旁观剧情进展,也可以随时插入剧情,与演员互动。这种新兴的戏剧形式增强了观众的参与感,但也引发了种种质疑,尤其是打乱故事线和对原剧叙事结构的破坏,很容易让观众对剧情一头雾水。

④ 麦克白此时已经预见到谋杀的后果,开始怀念睡眠的美好,但他的话被麦克白夫人打断了。

麦克白　那声音继续向全屋子喊着："不要再睡了！葛莱密斯已经杀害了睡眠，所以考特将再也得不到睡眠，麦克白将再也得不到睡眠！"

麦克白夫人　谁喊着这样的话？唉，我的爵爷，您这样胡思乱想，是会妨害您的健康的。去拿些水来，把您手上的血迹洗净。① 为什么您把这两把刀子带了来？它们应该放在那边。把它们拿回去，涂一些血在那两个熟睡的侍卫身上。

麦克白　我不高兴再去了；我不敢回想刚才所干的事，更没有胆量再去看它一眼。

麦克白夫人　意志动摇的人！把刀子给我。② 睡着的人和死了的人不过和画像一样；只有小儿的眼睛才会害怕画中的魔鬼③。要是他还流着血，我就把它涂在那两个侍卫的脸上；因为我们必须让人家瞧着是他们的罪恶。④（下。内敲门声。）

麦克白　那打门的声音是从什么地方来的？⑤ 究竟

---

① 麦克白夫人认为 A little water clears us of this deed，但麦克白夫人明显低估了罪恶的后果。我们知道，后来麦克白夫人自己也崩溃了，不断地梦游洗手。麦克白夫人认为"一点清水就能把我们这件事洗去"是《旧约·申命记》第 21 章第 1—9 节"证明无罪的洗手仪式"的影射。

② 可见这对夫妇是一对犯罪的好搭档。

③ 原文为 painted devil，"画出来的魔鬼"再可怕也只是幻象。

④ 麦克白杀死了邓肯一次，麦克白夫人杀死了邓肯第二次。第二次犯罪比第一次更可怕。

⑤ 敲门声呼应了下一场的门房场景。英国散文家托马斯·德·昆西（Thomas De Quincey，1785—1859 年）的著名论文《论〈麦克佩斯〉剧中的敲门声》正是讨论了这一幕所展现的莎士比亚的创作天才，即敲门声如何"把一种特别令人畏惧的性质和一种浓厚的庄严气（转下页注）

是怎么一回事,一点点的声音都会吓得我心惊肉跳?①
这是什么手!嘿!它们要挖出我的眼睛。② 大洋里所有
的水,能够洗净我手上的血迹吗? 不,恐怕我这一手的
血,倒要把一碧无垠的海水染成一片殷红呢。③

　　麦克白夫人重上。

　　麦克白夫人　我的两手也跟你的同样颜色了④,可
是我的心却羞于像你那样变成惨白。(内敲门声)我听见
有人打着南面的门;⑤让我们回到自己房间里去;一点点
的水就可以替我们泯除痕迹;不是很容易的事吗?⑥ 你
的魄力不知道到哪儿去了。(内敲门声)听! 又在那儿打
门了。披上你的睡衣,也许人家会来找我们,不要让他们
看见我们还没有睡觉。别这样傻头傻脑地呆想了。⑦

―――――――

(接上页注)氛投射在凶手身上",值得一读。德·昆西尤其指出,"当谋
杀行为已经完成,当犯罪已经实现,于是罪恶的世界就像空中的幻景那
样烟消云散了;我们听见了敲门声,敲门声清楚地宣布反作用开始了。
人性的回潮冲击了魔性,生命的脉搏又开始跳动起来。我们生活于其中
的世界重建起它的活动,这个重建第一次使我们强烈地感到停止活动的
那段插曲的可怖性。"[见托马斯·德·昆西,《论〈麦克佩斯〉剧中的敲
门声》,李赋宁译,《世界文学》1979 年第 2 期,第 283—290 页。]
① 这句台词写出了罪恶对麦克白内心的重创,正如中文谚语所说,"不做
　　亏心事,不怕鬼敲门"。
② 这句台词对应了第一幕第四场麦克白的眼手不一,即他说过的要让眼
　　睛"看不到手"(The eye wink at the hand)。
③ 这里的原文存在争议:一为 making the green, one red,即"把一碧无垠的
　　海水染成一片殷红",一为 making the green one, red,即"把一片一碧无
　　垠的海水染成殷红",其区别在于停顿的位置。
④ 这句话意味着,麦克白夫人此时是满手鲜血地上场的。
⑤ 麦克白夫人显然比麦克白更清醒,她能分辨得出敲门声的方位。
⑥ 事实上,这并不容易。几幕之后,麦克白夫人在梦游中不断洗手,却洗
　　不掉手上的血迹。
⑦ 麦克白夫人此时的镇定自若,与之后她的精神崩溃形成了鲜明对比。

麦克白　要想到我所干的事，最好还是忘掉我自己。① （内敲门声）用你打门的声音把邓肯惊醒了吧！我希望你能够惊醒他！（同下。）

———————

① 意思是：我宁愿忘掉我自己，也不愿意承认这件事。

## 第三场　同前

内敲门声。一门房上。①

门房　门打得这样厉害！要是一个人在地狱里做了管门人，②就是拔闩开锁也足够他办的了。（内敲门声）敲，敲！凭着魔鬼的名义，③谁在那儿？一定是个囤积粮食的富农，眼看碰上了丰收的年头，就此上了吊。④ 赶快进来吧，多预备几方手帕，这儿是火坑，⑤包你淌一身臭

---

① 自达文南特（Sir William D'avenant，1606—1668）开始，门房这场戏通常删去不用，直到德·昆西的《论〈麦克佩斯〉剧中的敲门声》评论了这一场的艺术价值和莎士比亚的创作天才，提升了这一场的重要性。敲门声把这一场与上一场联系起来，显示这两场虽然在剧场中是先后呈现，但在麦克白的故事线里是同时发生的。

② 门房使用了"如果"（if）一词，但实际上他正是地狱的守门人，因为麦克白的城堡此刻就是杀人的地狱。

③ 原文为 In the name of Beelzebub，门房此处是以地狱守门人的身份出现的。

④ 富农（farmer）指的是囤积居奇的富农。这是莎士比亚时期的一个令人憎恨的形象，经常是人们讽刺的对象。此外，Farmer 也是加尼特神父（Father Garnet）众所周知的化名。1606 年，英国粮食大丰收，出现了谷农自缢的惨事。莎士比亚提到了这件事，说明《麦克白》可能写于 1606 年之后。孙大雨先生曾详析这句话的含义和时代背景，指出："一六三八年出版的一本 Peacham 所作的小册子，题名《有个人的经历所显示的我们这时代的实情》，其中有这样一个故事。有个农夫储了许多麦草，当时每车值五磅十先令，后来市价跌到三四十先令时他因失望烦恼而悬梁自尽，但在死透之前被他儿子剪断绳子救了下来。无疑，这样的故事是各时代都有的。" Malone 版指出，"在当时，正如在目今，小麦市价的高低是歉收或丰收的标志。一六〇六年夏秋间小麦大丰收，那年市价比以后十三年内都要便宜，四分之一吨为三十三先令。上年要贵两先令，下年贵三先令。一六〇八年为五十六先令八便士，一六〇九年为五十先令。"［转引自莎士比亚，《麦克白斯》，孙大雨译，上海：上海译文出版社，1994 年，第 50 页。］

⑤ 地狱通常被形容为燃烧着不灭暗火的可怕场所。

汗。(内敲门声)敲,敲!凭着还有一个魔鬼的名字,①是谁在那儿?哼,一定是什么讲起话来暧昧含糊的家伙,他会同时站在两方面,一会儿帮着这个骂那个,一会儿帮着那个骂这个;他曾经为了上帝的缘故,干过不少亏心事,可是他那条暧昧含糊的舌头却不能把他送上天堂去。②啊!进来吧,暧昧含糊的家伙。(内敲门声)敲,敲,敲!谁在那儿?哼,一定是什么英国的裁缝,他生前给人做条法国裤还要偷材料③,所以到了这里来。进来吧,裁缝;你可以在这儿烧你的烙铁。④ (内敲门声)敲,敲;敲个不停!你是什么人?可是这儿太冷,当不成地狱呢。我再也不想做这鬼看门人了。我倒很想放进几个各色各样的人来,让他们经过酒池肉林,⑤一直到刀山火焰上去。(内敲门声)来了,来了!请你记着我这看门的人。⑥(开门。)

---

① 门房喝醉了,记不起"另一个"(the other)魔鬼的名字。他说的"一个"(one)魔鬼就是当时观众都很熟悉的路西法。

② 这个说法既让人想起耶稣会士,也让人想起加尼特神父(Father Garnet),后者因在火药阴谋(Gunpowder Plot)中犯下叛国罪,于 1606 年 5 月 3 日被处死。在受审的前几个月里,他巧言善辩,说话模棱两可,如门房所说,"暧昧含糊"。

③ 当时的法国裤子非常紧窄,能在这种裤子上偷材料的裁缝,必是老手。

④ 原文为 roast your goose,goose 指的是裁缝烫衣服的烙铁,但也有"卖淫"的性暗示,如 Winchester goose 指的就是一种性病。

⑤ 原文为 primrose way,指向《圣经·马太福音》第 7 章 13—14 行:"你们要进窄门。因为引到灭亡,那门是宽的,路是大的,进去的人也多;引到永生,那门是窄的,路是小的,找着的人也少。"

⑥ 此处可能是门房在向来人讨要小费;也可以处理为门房面向观众、对观众说话。后一种处理不仅让城堡的气氛更加恐怖,还带有预言的意味——现世的所有人,你们也都不要忘了你们死后可能会下地狱,"请你记着我这看门的人"。

**麦克德夫及列诺克斯上。**

麦克德夫　朋友,你是不是睡得太晚了,所以睡到现在还爬不起来?①

门房　不瞒您说,大人,我们昨天晚上喝酒,一直闹到第二遍鸡啼②哩;喝酒这一件事,大人,最容易引起三件事情。

麦克德夫　是哪三件事情?

门房　呃,大人,酒糟鼻、睡觉和撒尿③。淫欲呢,它挑起来也压下去④;它挑起你的春情,可又不让你真的干起来。所以多喝酒,对于淫欲也可以说是个两面派:成全它,又破坏它;⑤捧它的场,又拖它的后腿;⑥鼓励它,又打击它;⑦替它撑腰,又让它站不住脚;⑧结果呢,两面派把它哄睡了,叫它做了一场荒唐的春梦,就溜之大吉了。

麦克德夫　我看昨晚上杯子里的东西就叫你做了一

①　麦克德夫和列诺克斯敲门久久不开,有点责怪门房的意思。
②　第二遍鸡鸣的时间一般是接近黎明时分(大约3点以后),结合上一场的敲门声,麦克白夫妇杀害邓肯的时间似在黎明前后。
③　原文为 nose-painting, sleep and urine,这里的 nose-painting 指的是让鼻子变红。
④　原文为 It provokes and unprovokes,指的是"既挑逗又压制挑逗"。
⑤　原文为 It makes him, and it mars him,来自当时的一句谚语 to make, or (and) mar。注意此处门房台词的模糊、相反语意并置的结构和滑稽效果,让人想起三女巫"fair is foul, foul is fair"和"when the battle's lost and won"的话语模式。
⑥　原文为 It sets him on, an it takes him off,这里的 set on 指的是挑起性欲, take off 指的是不能行事。
⑦　原文为 It persuades him, and disheartens him,指的是"既鼓励它,也打击它"。
⑧　原文为 makes him stand to, and not stand to,这里的 stand to 指的是男性的勃起。

场春梦①吧。

　　门房　可不是,大爷,让我从来也没这么荒唐过。②可我也不是好惹的,依我看,我比它强,我虽然不免给它揪住大腿,可我终究把它摔倒了③。

　　麦克德夫　你的主人起来了没有?

　　　　　　　麦克白上。④

　　麦克德夫　我们打门把他吵醒了⑤;他来了。

　　列诺克斯　早安⑥,爵爷。

　　麦克白　两位早安。

　　麦克德夫　爵爷,王上起来了没有?

　　麦克白　还没有。

　　麦克德夫　他叫我一早就来叫他;我几乎误了时间。⑦

————————————

① 原文为 gave thee the lie,这里的 lie 意思很多,既有"让你躺倒,让你作春梦"的意思,也有责怪门房"说得太多"的意思。

② 原文为(lie) i'the very throat on me,指的是"撒个大谎"。

③ 门房说自己在和酒精摔跤,赢了酒精,反而证明他喝醉了。

④ 这里有两种演出方式:一种是门房在麦克白上场时就下场;一种是门房退在隐秘处,一直暗中观察这几个人的动作和表情。显然后一种处理方式更加阴森可怕。

⑤ 与前文麦克白所说的"用你打门的声音把邓肯惊醒了吧! 我希望你能够惊醒他!"呼应,麦克白从紧张的杀人之夜又回到了正常人生活的世界。

⑥ "早安"(Good morrow)让人想起第一幕第五场麦克白夫人说的"太阳永远不会见到那样一个明天"(O never shall sun that morrow see)。这句台词也意味着,麦克白夫人往两个侍卫身上涂抹血迹的时间应该是黎明时分。

⑦ "一早"原文为 timely(=early)。《麦克白》中充满了对时间的指涉,也让我们考虑一个问题:如果麦克德夫早点来,麦克白是不是就没有机会动手了?

麦克白　我带您去看他。

麦克德夫　我知道这是您乐意干的事,可是有劳您啦。

麦克白　我们喜欢的工作,可以使我们忘记劳苦。这门里就是。

麦克德夫　那么我就冒昧进去了,因为我奉有王上的命令。(下。)

列诺克斯　王上今天就要走吗?

麦克白　是的,他已经这样决定了。

列诺克斯　昨天晚上刮着很厉害的暴风,我们住的地方,烟囱都给吹了下来;他们还说空中有哀哭的声音,①有人听见奇怪的死亡的惨叫,还有人听见一个可怕的声音,预言着将要有一场绝大的纷争和混乱,降临在这不幸的时代。黑暗中出现的凶鸟②整整地吵了一个漫漫

---

① 列诺克斯回忆邓肯被杀时说"空中有哀哭的声音,有人听见奇怪的死亡的惨叫"(2.3.50),有剧团将这种哭声处理为麦克白夫妇的孩子的哭声[见 Marvin Rosenberg, "Lady Macbeth's Indispensable Child", *Educational Theatre Journal*, 1974, vol. 26, No. 1 (1974)]。这个小婴儿被母亲哺乳,被父亲爱抚、凝视,时而哭喊,时而熟睡,一直活到全剧终,首次将麦克白夫人的孩子作为"舞台道具"(stage props)突显在台前。这个安排显然让情节更加合理、连贯。譬如,当麦克白夫人说"我曾经哺乳过婴孩"时,她刚喂完奶,把孩子放入摇篮。婴儿夜里不时哭闹,恰与契合。再如,当麦克白思考"她们把一顶没有后嗣的王冠戴在我的头上[……]我自己的子孙却得不到继承"(3.1.58—63)时,他正注视着摇篮里熟睡的婴孩。此外,这个孩子的出现也让麦克白杀害班轲的理由更加人性化:由于三女巫预言麦克白之子不能继承王位,而麦克白既有孩子,也会把王位传给孩子,那么这个孩子必定性命不保。由于这个孩子的存在,麦克白在获得王位之后的杀人动机就变成了保护孩子,更加引人同情。他杀掉班柯之后的犹豫不决,也就同样可以解释了。

② "凶鸟"(obscure bird)指的是猫头鹰。

的长夜①;有人说大地都发热而战抖起来了。　②

　　麦克白　果然是一个可怕的晚上。③

　　列诺克斯　我的年轻的经验里唤不起一个同样的回忆。④

　　　　　　麦克德夫重上。

　　麦克德夫　啊,可怕! 可怕! 可怕!⑤ 不可言喻、不可想像的恐怖!⑥

　　麦克白　　(与列诺克斯同时)

　　列诺克斯　什么事?

——————

① "一个漫漫的长夜"原文为 livelong night,即"像生命那样长的一个晚上"。

② 不祥的天象预示着地上发生了不义之事,这样的预兆出现在很多莎剧中,比如在《裘力斯·凯撒》(*Julius Caesar*)第一幕第三场凯斯卡就描述道:"我曾经看见过咆哮的狂风劈碎多节的橡树;我曾经看见过野心的海洋奔腾澎湃,把浪沫喷涌到阴郁的黑云之上;可是我从来没有经历过像今晚这样一场从天上掉下火块来的狂风暴雨",而"在圣殿之前,我又遇见一头狮子,它睨视着我,生气似的走了过去,却没有跟我为难……一百个面无人色的女人吓得缩成一团,她们发誓说她们看见浑身发着火焰的男子在街道上来来去去。昨天正午的时候,夜枭栖在市场上,发出凄厉的鸣声。这种种怪兆同时出现……我相信它们都是上天的示意,预兆着将有什么重大的变故到来。"

③ 原文为 a rough night,麦克白这里也在感叹他自己谋杀邓肯的可怕经历。

④ 后文的老翁也表示,不仅麦克德夫,就连他活了一辈子也没见过这样的景象。特殊的景象预示着人间的灾难。

⑤ 在约瑟夫·康拉德《黑暗之心》(*Heart of Darkness*)的结尾,主人公库尔茨的遗言就是:Horror! Horror!

⑥ 原文为 Tongue nor heart cannot conceive nor name thee,注意原文用了倒复法(antimetabole),tongue 和 name、heart 和 conceive 的搭配顺序被调换了,表现出麦克德夫的痛心。朱生豪译为"不可言喻、不可想象的恐怖",梁实秋译为"真是我想不到、说不出的事",均未译出原文的倒复法。

麦克德夫　混乱已经完成了他的杰作！大逆不道的凶手打开了王上的圣殿①，把它的生命偷了去了！

麦克白　你说什么？生命？

列诺克斯　你是说陛下吗？

麦克德夫　到他的寝室里去，让一幕惊人的惨剧②昏眩你们的视觉吧。不要向我追问；你们自己去看了再说。（麦克白、列诺克斯同下）醒来！醒来！敲起警钟来。杀了人啦！有人在谋反啦！班柯！道纳本！马尔康！醒来！不要贪恋温柔的睡眠，那只是死亡的表象，瞧一瞧死亡的本身吧！③ 起来，起来，瞧瞧世界末日的影子！④ 马尔康！班柯！像鬼魂从坟墓里起来一般，⑤过来瞧瞧这一幕恐怖的景象吧！把钟敲起来！（钟鸣。）

　　　　麦克白夫人上。

麦克白夫人　为什么要吹起这样凄厉的号角⑥，把全屋子睡着的人唤醒？说，说！

---

① 原文为 anointed temple，邓肯的身体被比作一座教堂，窃贼闯进身体的教堂，偷走了邓肯的灵魂。

② 原文为 Gorgon，即蛇发女妖戈尔贡，相传戈尔贡看人一眼，就会让人变成石头。

③ 原文为 Shake off this downy sleep, death's counterfeit, / And look on death itself，这也是全剧很著名的一句台词。睡眠被形容为柔软的（downy），让人想起松软好眠的枕头；睡眠和死亡的相似性是文艺复兴时期经常提及的，如哈姆雷特的"生存还是毁灭"独白也提到了这一点。

④ 原文为 great doom's image，指的是教堂里经常看到的"末日审判"图画。

⑤ 麦克德夫呼唤马尔康和班柯从坟墓里醒来，就像是末日审判时所有鬼魂从坟墓里醒来一样，呼应了上句台词提到的"世界末日的影子"。

⑥ 这里的号角声（trumpet）指的应该是钟声，但是这个词呼应了麦克德夫对最后审判的描述，因为在最终审判中吹起的就是号角之声。

麦克德夫 啊,好夫人！我不能让您听见我嘴里的消息,它一进到妇女的耳朵里,是比利剑还要难受的。①

　　　　　班柯上。

麦克德夫 啊,班柯！班柯！我们的主上给人谋杀了！

麦克白夫人 嗳哟！什么！在我们的屋子里吗？

班柯 无论在什么地方,都是太惨了。好德夫,请你收回你刚才说过的话,告诉我们没有这么一回事。

　　　　　麦克白及列诺克斯重上。②

麦克白 要是我在这件变故发生以前一小时死去,我就可以说是活过了一段幸福的时间;因为从这一刻起,人生已经失去它的严肃的意义,一切都不过是儿戏③;荣名和美德已经死了,生命的美酒已经喝完,剩下的只是一些无味的渣滓④,当作酒窖里的珍宝。⑤

　　　　　马尔康及道纳本上。

---

① 原文为 The repetition in a woman's ear/ Would murder as it fell。但说得出 unsex me 的麦克白夫人显然并非麦克德夫想象的一般"妇女"。

② 在有些演出里,洛斯也和麦克白和列诺克斯一同上场,他没有台词,却始终在场;在更多演出版本中,洛斯此处并未上场。这一场没有洛斯会更加流畅,因为洛斯此处没有任何台词,对于情节演进也作用不大,而且下一场一开场洛斯就出现了。

③ "儿戏"原文为 toys,指的是不重要的东西。

④ 原文为 lees,指的是酒糟、酒泥,和美酒(wine)相对。丁尼生爵士(Alfred, Lord Tennyson)的诗歌《尤利西斯》("Ulysses")中就有 I cannot rest from travel; I will drink/ Life to the lees 的诗句。

⑤ 麦克白既是在表演对邓肯之死的痛心,也在说他自己——"要是我在这件变故发生以前一小时死去,我就可以说是活过了一段幸福的时间"还在无意中预言了他自己的结局——"因为从这一刻起,人生已经失去它的严肃的意义,一切都不过是儿戏"。

道纳本　出了什么乱子了?

麦克白　你们还没有知道你们重大的损失;你们的血液的源泉已经切断了,你们的生命的根本已经切断了。①

麦克德夫　你们的父王给人谋杀了。

马尔康　啊! 给谁谋杀的?

列诺克斯　瞧上去是睡在他房间里的那两个家伙干的事;他们的手上脸上都是血迹;②我们从他们枕头底下搜出了两把刀,刀上的血迹也没有揩掉;他们的神色惊惶万分;③谁也不能把他自己的生命信托给这种家伙。④

麦克白　啊! 可是我后悔一时卤莽,把他们杀了。

麦克德夫　你为什么杀了他们?

麦克白　谁能够在惊愕之中保持冷静,在盛怒之中保持镇定,在激于忠愤的时候保持他的不偏不倚的精神?世上没有这样的人吧。我的理智来不及控制我的愤激的忠诚。这儿躺着邓肯,他的白银的皮肤上镶着一缕缕黄金的宝血,⑤他的创巨痛深的伤痕张开了裂口,像是一道道毁灭的门户⑥;那边站着这两个凶手,身上浸润着他们

---

① 麦克白的确切断了邓肯的血缘,却让班柯的子孙当了王。

② 原文为 badged with blood,指的是"挂上血的徽章"。麦克白夫人的计划和她对邓肯的第二次谋杀显然成功了。

③ 原文为 They stared, and were distracted,这里少译了 They stared,指的是两个侍卫睁眼看着,却十分茫然的样子。

④ 两个侍卫不仅毫无警惕,而且喝得酩汀大醉,邓肯不应将生命托付给他们。从这个角度讲,邓肯对自己的死也有责任。

⑤ 原文为 His silver skin laced with his golden blood,邓肯的皮肤因为失血过多而惨白(silver skin),而"黄金的宝血"(golden blood)具有神圣感,与前文"身体的教堂"比喻相对应。

⑥ 此处邓肯的伤口像是河岸决堤之口,又像是敌军破城而入的入口。

罪恶的颜色①,他们的刀上凝结着②刺目的血块;只要是一个尚有几分忠心的人,谁不要怒火中烧,替他的主子报仇雪恨?

麦克白夫人　啊,快来扶我进去!③

麦克德夫　快来照料夫人。④

马尔康　(向道纳本旁白)这是跟我们切身相关的事情,为什么我们一言不发?

道纳本　(向马尔康旁白)我们身陷危境,不可测的命运随时都会吞噬我们,还有什么话好说呢? 去吧,我们的眼泪现在还只在心头酝酿呢。

马尔康　(向道纳本旁白)我们的沉重的悲哀也还没有开头呢。⑤

班柯　照料这位夫人。(侍从扶麦克白夫人下)我们这样袒露着身子⑥,不免要受凉,大家且去披了衣服,回头再举行一次会议,详细彻查这一件最残酷的血案的

---

① 原文为 Steeped in the colours of their trade,麦克白不愿直接提及"谋杀",用了"交易"(trade)替代。

② 原文为 breeched with gore,指的是刀刃染上血污,梁实秋译为"他们的刀上是血迹模糊"。breeched 指的是当时英国小男孩 7 岁左右要换上短裤、离开母亲和女眷,正式开始学习的成人仪式。注意:这里同样使用了"衣服"的意象。

③ 麦克白夫人眼见众人不相信她丈夫的说辞,假装晕厥,转移众人对她丈夫的疑心。

④ 麦克德夫显然中计,被麦克白夫人转移了注意力。

⑤ 在另一些版本中,这对兄弟的对话不是以旁白形式说的,而是直接面对观众说出。朱生豪的译本选择了第一对开本的处理方式。

⑥ 原文为 naked frailties,既指当时众人只穿睡衣、没穿戴盔甲,也指众人思想没有戒备,完全没有预料到邓肯遇害。

真相。恐惧和疑虑使我们惊惶失措;站在上帝的伟大的指导之下,我一定要从尚未揭发的假面具下面,探出叛逆的阴谋,和它作殊死的奋斗。

麦克德夫　我也愿意作同样的宣告。

众人　我们也都抱着同样的决心。

麦克白　让我们赶快穿上战士的衣服①,大家到厅堂里商议去。

众人　很好。(除马尔康、道纳本外均下。)

马尔康　你预备怎么办?我们不要跟他们在一起。假装出一副悲哀的脸②,是每一个奸人的拿手好戏。我要到英格兰去。

道纳本　我到爱尔兰去;我们两人各奔前程,对于彼此都是比较安全的办法。我们现在所在的地方,人们的笑脸里都暗藏着利刃③;越是跟我们血统相近的人,越是想喝我们的血④。

马尔康　杀人的利箭已经射出,可是还没有落下,避过它的目标是我们唯一的活路。所以赶快上马吧;让我们不要斤斤于告别的礼貌,趁着有便就溜出去;明知没有网开一面的希望,就该及早逃避弋人的罗网。(同下。)

----

① 原文为 put on manly readiness,指的是穿上男子的衣服。

② 原文为 unfelt sorrow,指的是奸人(the false man)装作悲哀,并不出自真心。马尔康很明白局势,在场的贵族也都明白。

③ 原文为 There's daggers in men's smiles,这句台词让人想起邓肯前文所说的心口不一、表里不一,也让人想起一个中文成语"笑里藏刀"。

④ 原文为 The near in blood, / the nearer bloody。这里出现了对"血"的双关:血缘越近,本该关系越亲近,却越血腥,可见权力对人性的毁灭。

## 第四场　同前。城堡外

洛斯及一老翁上。

老翁　我已经活了七十个年头，①惊心动魄的日子也经过得不少，希奇古怪的事情也看到过不少，可是像这样可怕的夜晚，却还是第一次遇见。

洛斯　啊！好老人家，你看上天好像恼怒人类的行为，在向这流血的舞台发出恐吓。照钟点现在应该是白天了，可是黑夜的魔手却把那盏在天空中运行的明灯②遮蔽得不露一丝光亮。难道黑夜已经统治一切，还是因为白昼不屑露面，所以在这应该有阳光遍吻大地的时候，地面上却被无边的黑暗所笼罩？

老翁　这种现象完全是反常的③，正像那件惊人的血案一样。在上星期二那天，有一头雄踞在高岩上的猛鹰，被一只吃田鼠的鸱鸮④飞来啄死了。

洛斯　还有一件非常怪异可是十分确实的事情，邓

---

① 原文为 Three score and ten I can remember well。这里的 70 年（Three score and ten，score 指的是 20 年，20×3＋10＝70 年）指的是人的一生，出自圣经《诗篇》第 90 首第 10 行："我们一生的年日是七十岁，若是强壮可到八十岁；但其中所矜夸的不过是劳苦愁烦，转眼成空，我们便如飞而去。"

② 原文为 travelling lamp，指的是太阳。同时，travelling 和 travailling（苦痛的）同音，言及天上与人世之苦。

③ 原文为 unnatural，再次点出《麦》中种种不合人伦、不合天理之处。

④ 原文为 mousing owl，这个词是莎士比亚的创造。按照自然法则，猎鹰（falcon）飞得最高，是不可能被吃老鼠的猫头鹰啄死的，如此看来，自然界（nature）也变得不自然（unnatural）了。

肯有几匹躯干俊美、举步如飞的骏马,的确是不可多得的良种,忽然野性大发,撞破了马棚,冲了出来,倔强得不受羁勒,好像要向人类挑战似的。

老翁　据说它们还彼此相食。①

洛斯　是的,我亲眼看见这种事情,简宜不敢相信自己的眼睛。麦克德夫来了。

　　　　麦克德夫上。

洛斯　情况现在变得怎么样啦?

麦克德夫　啊,您没有看见吗?

洛斯　谁干的这件残酷得超乎寻常的罪行已经知道了吗?

麦克德夫　就是那两个给麦克白杀死了的家伙。

洛斯　唉! 他们干了这件事可以希望得到什么好处呢?

麦克德夫　他们是受人的指使。马尔康和道纳本,王上的两个儿子,已经偷偷地逃走了,这使他们也蒙上了嫌疑。

洛斯　那更加违反人情了②! 反噬自己的命根,这样的野心会有什么好结果呢? 看来大概王位要让麦克白登上去了。③

---

① 马匹彼此相食,象征着人类的互相残杀。

② 原文为 'Gainst nature,呼应了上文的 unnatural。

③ 洛斯非常明白邓肯被杀最大的得益者是谁,但是他还是选择去斯贡,臣服于麦克白。他代表了身处乱局中的一类人——心里明白、却装糊涂的两面派。

麦克德夫　他已经受到推举,现在到斯贡①即位去了。

洛斯　邓肯的尸体在什么地方?

麦克德夫　已经抬到戈姆基尔②,他的祖先的陵墓上。

洛斯　您也要到斯贡去吗?

麦克德夫　不,大哥,我还是到费辅去。③

洛斯　好,我要到那里去看看。④

麦克德夫　好,但愿您看见那里的一切都是好好的,再会!怕只怕我们的新衣服不及旧衣服舒服哩!

洛斯　再见,老人家。

老翁　上帝祝福您,也祝福那些把恶事化成善事、把仇敌化为朋友的人们!⑤　(各下。)

---

①　斯贡(英语:Scone,现代苏格兰盖尔语:Sgàin,中世纪盖尔语:Scoine)是苏格兰珀斯的一个村庄,古代苏格兰国王加冕的地方;"斯昆石"(Stone of Scone)又称"命运之石"(Stone of Destiny),是古代苏格兰国王加冕时的"王座"。英国人日常饮食里的司康饼(scone)就来自于此。

②　戈姆基尔(Colmekill),即现今的爱奥那(Iona),位于马尔岛(Mull)的末端,是苏格兰国王世世代代的坟墓所在地,距离苏格兰大陆36英里。

③　费辅城堡(Fife)是麦克德夫的封地。麦克德夫决定回到自己的封地,不去斯贡朝拜麦克白,意味着他并不接受麦克白。在邓肯的两个儿子逃走后,麦克德夫是第一个公开反叛麦克白的贵族。

④　"那里"指的是斯贡。从上下文来看,洛斯已经清楚麦克白的意图,但是他还是选择去斯贡,表明洛斯已经接受麦克白继位当王。

⑤　此处老翁的话也意味着,洛斯是个善恶不辨、敌友不分的两面派。在罗曼·波兰斯基(Roman Polanski))导演的文学电影《麦克白》(1971)中,洛斯就被处理成一个见风使舵的两面派人物。

第三幕

### 第一场　福累斯。宫中一室

班柯上。

班柯　你现在已经如愿以偿了：国王、考特、葛莱密斯，一切符合女巫们的预言；你得到这种富贵的手段恐怕不大正当；可是据说你的王位不能传及子孙，我自己却要成为许多君王的始祖。要是她们的话里也有真理，就像对于你所显示的那样，那么，既然她们所说的话已经在你麦克白身上应验，难道不也会成为对我的启示，使我对未来发生希望吗？① 可是闭口！不要多说了。②

喇叭奏花腔。③ 麦克白王冠王服；麦克白夫人后冠后服；列诺克斯、洛斯、贵族、贵妇、侍从等上。

麦克白　这儿是我们主要的上宾。④

麦克白夫人　要是忘记了请他，那就要成为我们盛筵上绝大的遗憾，一切都要显得寒伧了。⑤

---

① 这里的班柯独白意义较为含混：班柯到底是相信三女巫的预言、准备坐收"我自己却要成为许多君王的始祖"的余利，还是完全不受三女巫的蛊惑、坚守自己内心的荣誉准则？布雷德利等认为，班柯之所以被杀，是因为他也相信了三女巫的话，从而受到了惩罚。

② 班柯心事重重地闭口不言，不是因为他想明白了，而是因为麦克白上场打断了他。

③ "喇叭奏花腔"原文为 sennet sounded。重要仪式开始时，会喇叭奏花腔。这里的麦克白已经继位为王，是头戴王冠上场的。

④ 麦克白亲自率众人迎接班柯，可见班柯在麦克白王朝的重要地位。

⑤ 麦克白夫人用了一个非常文雅的表达：If he had been forgotten,／It had been as a gap in our great feast／And all thing unbecoming，这里的 all thing 指的是"完全"（completely），unbecoming 指的是"不合适的、不恰当的"，注意这里再次使用了 un+becoming（合适的）的构词法。

麦克白　将军,我们①今天晚上要举行一次隆重的宴会,请你千万出席。

班柯　谨遵陛下命令;我的忠诚永远接受陛下的使唤。②

麦克白　今天下午你要骑马去吗?

班柯　是的,陛下。

麦克白　否则我很想请你参加我们今天的会议,贡献我们一些良好的意见,你的老谋胜算,我是一向佩服的;可是我们明天再谈吧③。你要骑到很远的地方吗?④

班柯　陛下,我想尽量把从现在起到晚餐时候为止这一段的时间在马上销磨过去;要是我的马不跑得快一些,也许要到天黑以后一两小时才能回来⑤。

麦克白　不要误了我们的宴会。

班柯　陛下,我一定不失约。⑥

麦克白　我听说我那两个凶恶的王侄⑦已经分别到了英格兰和爱尔兰,他们不承认他们的残酷的弑父重罪,

---

① 注意:原文用了 we,麦克白使用了符合他身份的“皇室复数”( royal plu-ral) 来称呼自己,他从服装到言语都是一位国王了。

② Let your highness/ Command upon me, 指的是“谨遵圣旨”,班柯用同样礼貌文雅的措辞回应了麦克白夫妇。

③ 原文为 take tomorrow,但是让观众胆寒的是,班柯也和邓肯一样,再没有“明天”了。

④ 麦克白非常关心班柯要去哪里,因为他此时已有谋杀班柯之意,想要找个合适的时机杀死班柯。

⑤ 班柯似乎对麦克白的关心也有所顾忌,并没有透露自己的准确行程。

⑥ 班柯确实没有失约。

⑦ Bloody cousins,指的是马尔康和道纳本。

却到处向人传播离奇荒谬的谣言①；可是我们明天再谈吧，②有许多重要的国事要等候我们两人共同处理呢。请上马吧；等你晚上回来的时候再会。弗里恩斯也跟着你去吗？③

　　班柯　是，陛下；时间已经不早，我们就要去了。

　　麦克白　愿你快马飞驰，一路平安。再见。（班柯下）大家请便，各人去干各人的事，到晚上七点钟再聚首吧。为要更能领略到嘉宾满堂的快乐起见，我在晚餐以前，预备一个人独自静息静息④；愿上帝和你们同在！（除麦克白及侍从一人外均下）喂，问你一句话。那两个人⑤是不是在外面等候着我的旨意？

　　侍从　是，陛下，他们就在宫门外面。

　　麦克白　带他们进来见我。⑥（侍从下）单单做到了这一步还不算什么，总要把现状确定巩固起来才好。我对于班柯怀着深切的恐惧⑦，他的高贵的天性⑧中有一

--------

① 原文用了 strange invention，从后文来看，这个"谣言"（invention）已经传遍了全国，成为众人皆知却都又不敢明言的秘密。

② 麦克白再次提到"明天"，但是实际上他早已决定让班柯没有"明天"。他确实如自己所说，做到了 False face must hide what the false heart doth know。

③ 麦克白突然提到弗里恩斯，因为他相信三女巫的预言，班柯的子孙会当王，害怕弗里恩斯会将他取而代之。莎士比亚这里描写麦克白的内心活动非常自然和巧妙。

④ 原文为 we will keep ourself / Till supper time alone. 麦克白使用了人称代词"we"，表明他在用国王的身份向众人说话。

⑤ 麦克白指的是两个杀手，但不愿意直接说，而是隐晦地说"那两个人"。

⑥ 这里麦克白同样使用了"us"来指自己：Bring them before us。

⑦ 原文为 Our fears in Banquo stick deep，有双关意味：一是如朱生豪所译，"我对于班柯怀着深切的恐惧"，二是"我的恐惧刺穿了班柯"。

⑧ 原文为 royalty of nature，注意这里的 royalty 不仅有"高贵"（转下页注）

种使我生畏的东西;他是个敢作敢为的人,在他的无畏的
精神上,又加上深沉的智虑,指导他的大勇在确有把握的
时机行动。除了他以外,我什么人都不怕,只有他的存在
却使我惴惴不安;我的星宿①给他罩住②了,就像凯撒罩住
了安东尼③的星宿。当那些女巫们最初称我为王的时候,
他呵斥她们,叫她们对他说话;她们就像先知似的说他的
子孙将相继为王,她们把一顶没有后嗣的王冠④戴在我的
头上,把一根没有人继承的御杖⑤放在我的手里,然后再从
我的手里夺去,我自己的子孙却得不到继承⑥。要是果然
是这样,那么我玷污了我的手,只是为了班柯后裔的好处;
我为了他们暗杀了仁慈的邓肯;为了他们良心上负着重大
的罪疚和不安;我把我的永生的灵魂送给了人类的公敌,
只是为了使他们可以登上王座,使班柯的种子⑦登上王座!

---

(接上页注)的意思,也指"君主的天性",而后者更让麦克白恐惧。由
于班柯被视做苏格兰籍的英王詹姆斯一世的先祖,因此莎士比亚对班
柯的赞美也是出于对詹姆斯王本人的恭维[见 Barbara Everett,"Mac-
beth: Succeeding", Michael Magoulias ed., *Shakespearean Criticism*, Vol.
29, Gale Research Inc.,1996, p.165.]

① 原文为 genius,指的是守护神。

② 原文为 rebuked,指的是"我的守护神被别人控制了",朱生豪译为"我
的星宿给他罩住了"是合理的。

③ 这里指的是《安东尼与克里奥佩特拉》里,预言者警告马克·安东尼远
离屋大维(屋大维是凯撒的养子和继任者)。

④ 原文为 a fruitless crown,"一顶没有后嗣的王冠",指的是麦克白虽然当
王,但是后代不能继承。

⑤ 原文为 a barren sceptre,"一根不孕的权杖",意义同上。子嗣问题是
《麦克白》剧的重要问题。

⑥ 原文用了 an unlineal hand。注意:此处再次使用了 un+lineal 的构词法。

⑦ 原文为 seeds of Banquo,"班柯的种子"指的是班柯的后代,对应了第一
幕提及的"时间的种子"(seeds of time)。

不,我不能忍受这样的事,宁愿接受命运的挑战! 是谁?①

　　　　　　侍从率二刺客重上。

麦克白　你现在到门口去,等我叫你再进来。(侍从下)我们不是在昨天谈过话吗?②

刺客甲　回陛下的话,正是。

麦克白　那么好,你们有没有考虑过我的话? 你们知道从前都是因为他③的缘故,使你们屈身微贱,虽然你们却错怪到我的身上。在上一次我们谈话的中间,我已经把这一点向你们说明白了,我用确凿的证据,指出你们怎样被人操纵愚弄④、怎样受人牵制压抑⑤、人家对你们是用怎样的手段、这种手段的主动者是谁以及一切其他的种种,所有这些都可以使一个半痴的、疯癫的人恍然大悟地说,"这些都是班柯干的事。"

刺客甲　我们已经蒙陛下开示过了。

麦克白　是的,而且我还要更进一步,这就是我们今天第二次谈话的目的。你们难道有那样的好耐性,能够

――――――――――――

① 莎士比亚删去了霍林斯赫德《编年史》中班柯一切听从麦克白,并作为麦克白同党参与谋杀邓肯的情节。显然,经由莎士比亚的裁剪,《编年史》中含混、复杂的权力斗争变成了《麦克白》剧非黑即白、非对即错的道德判断;班柯的形象明显高尚伟大起来,而麦克白则变成了谋朝篡位的贼子和滥杀无辜的暴君。由于班柯是詹姆斯一世的祖先,因而这种改编常常被理解成莎士比亚向当时的统治者詹姆斯一世献媚。

② 这句话显示,麦克白并不是第一次与两个刺客见面。此时,莎士比亚让麦克白直入主题,让《麦》剧节奏明显加快了。

③ 此处使用 he,而不是直接称呼"班柯"的名字,同样暗示麦克白此前就与刺客密谈过,这次见面并非他们第一次密谋。

④ 原文为 How you were borne in hand,指被人操控。

⑤ 原文为 how (you were) crossed,指受到阻挠。

忍受这样的屈辱吗？他的铁手①已经快要把你们压下坟墓里去，使你们的子孙永远做乞丐，难道你们就这样虔敬，还要叫你们替这个好人和他的子孙祈祷吗？

刺客甲　陛下，我们是人总有人气。②

麦克白　嗯，按说，你们也算是人，正像家狗、野狗、猎狗、叭儿狗、狮子狗、杂种狗、癞皮狗，统称为狗一样③；它们有的跑得快，有的跑得慢，有的狡猾，有的可以看门，有的可以打猎，各自按照造物赋与它们的本能而分别价值的高下，在笼统的总称底下得到特殊的名号；人类也是一样。要是你们在人类的行列之中，并不属于最卑劣的一级，那么说吧，我就可以把一件事情信托你们，你们照我的话干了以后，不但可以除去你们的仇人，而且还可以永远受我的眷宠；他一天活在世上，我的心病一天不能痊愈④。

刺客乙　陛下，我久受世间无情的打击和虐待，为了向这世界发泄我的怨恨起见，我什么事都愿意干。

刺客甲　我也这样，一次次的灾祸逆运，使我厌倦于人世，我愿意拿我的生命去赌博，或者从此交上好运，或

───────────

① 原文为 heavy hand，朱生豪译为"铁手"是合适的，梁实秋译为"重手"。

② 原文为 We are men, my liege。这句台词令人想起麦克白夫人怂恿麦克白杀害邓肯、质疑麦克白的男子气概时，麦克白的回复："只要是男子汉做的事，我都敢做；没有人比我有更大的胆量（Who dares do more, is none）。"

③ "狗"（curs）是莎剧常见的骂人词语。

④ 原文为 Who wear our health but sickly in his life, / Which in his death were perfect. 注意：这里的 wear our health 又出现了"穿衣服"的意象。

者了结我的一生。①

　　**麦克白**　你们两人都知道班柯是你们的仇人。

　　**刺客乙**　是的,陛下。

　　**麦克白**　他也是我的仇人;而且他是我的肘腋之患,他的存在每一分钟都深深威胁着我生命的安全;虽然我可以老实不客气地运用我的权力,把他从我的眼前铲去,而且只要说一声"这是我的意旨"就可以交代过去。可是我却还不能就这么干,因为他有几个朋友同时也是我的朋友,我不能招致他们的反感,即使我亲手把他打倒,也必须假意为他的死亡悲泣;所以我只好借重你们两人的助力,为了许多重要的理由,把这件事情遮过一般人的眼睛。

　　**刺客乙**　陛下,我们一定照您的命令做去。

　　**刺客甲**　即使我们的生命——②

　　**麦克白**　你们的勇气已经充分透露在你们的神情之间。③ 最迟在这一小时之内,我就可以告诉你们在什么地方埋伏,等看准机会,再通知你们在什么时间动手;④因为这件事情一定要在今晚干好,⑤而且要离开王宫远

---

① 从这两名刺客的回复来看,他们并非职业杀手,而是遭受冤屈、内心愤愤不平、想要报复他人之人。两个刺客的不专业,也在一定程度上导致了麦克白谋杀班柯子嗣失败。

② 这里的破折号表明,麦克白打断了刺客甲的话。麦克白似乎有点不耐烦了。

③ 麦克白用一句赞扬打断了刺客甲的话,但这句话显然只是敷衍,并非出于真心。

④ 这句话的原文引发了很多争议:Acquaint you with the perfect spy o'th'time。这里的 perfect spy of the time 指的是第三个神秘刺客? 还是指打探来刺杀班柯的时间?

⑤ 注意:前文麦克白表面还在和班柯商量明天(tomorrow)议事,心里却早已谋划好"要在今夜(tonight)干好"了。

一些,①你们必须记住不能把我牵涉在内;同时为了免得留下枝节起见,你们还要把跟在他身边的他的儿子弗里恩斯也一起杀了,他们父子两人的死②,对于我是同样重要的,必须让他们同时接受黑暗的命运。你们先下去决定一下;③我就来看你们。

　　刺客乙　我们已经决定了,陛下。

　　麦克白　我立刻就会来看你们;你们进去等一会儿。(二刺客下)班柯,你的命运已经决定,你的灵魂要是找得到天堂的话,④今天晚上你就该找到了。(下。)

---

① 此处呼应了前文麦克白询问班柯要不要骑马、要去多远的台词。

② 此处原文使用了 absence 来代替"死",是委婉语。

③ 原文为 Resolve yourself apart,这里的 apart( =elsewhere) 表明,麦克白不想谈论这件事,要赶两名刺客尽快离开。

④ 麦克白这里的比喻既诗意又诡异:他将灵魂比作小鸟,想象班柯死后,班柯的灵魂像小鸟一样从身体里飞出来,寻找天堂。

## 第二场　同前。宫中另一室

麦克白夫人及一仆人上。

麦克白夫人　班柯已经离开宫廷了吗？

仆人　是，娘娘，可是他今天晚上就要回来的。

麦克白夫人　你去对王上说，我要请他允许我跟他说几句话①。

仆人　是，娘娘。（下。）

麦克白夫人　费尽了一切，结果还是一无所得，我们的目的虽然达到，却一点不感觉满足。② 要是用毁灭他人的手段，使自己置身在充满着疑虑的欢娱③里，那么还不如那被我们所害的人，倒落得无忧无虑。

麦克白上。

麦克白夫人　啊！我的主！您为什么一个人孤零零的，让最悲哀的幻想做您的伴侣，④把您的思想念念不忘地集中在一个已死者的身上？无法挽回的事，只好听其

---

① 原文为 attend his leisure，麦克白夫人是以仆从对主人、下级对上级的语气对麦克白说话的，表示尊敬。

② 原文为 Naught's had, all's spent,／Where our desire is got without content. 麦克白夫人认为他们付出了一切，却什么都没有得到，因为欲望还是无法得到满足。这样的忧虑，让她觉得"被害的人更有福"。这句话也表明，麦克白夫人此时已经感受到罪恶的反噬了，这也是她崩溃的前兆。

③ 此处使用了矛盾修饰法（Oxymoron），指的是"让人害怕的欢愉"，原文为 doubtful joy。doubtful 在莎士比亚时代指"可怕的"。

④ 原文为 Of sorriest fancies your companions making，有中文"形影相吊"的意味。可见麦克白此时也并不快乐满足，而是满脸愁苦。

自然;事情干了就算了。①

麦克白　我们不过刺伤了蛇身,却没有把它杀死,②它的伤口会慢慢平复过来,再用它的原来的毒牙向我们的暴行③复仇。可是让一切秩序完全解体,让活人、死人都去受罪吧,为什么我们要在忧虑中进餐,在每夜使我们惊恐的恶梦的谑弄中睡眠呢?④ 我们为了希求自身的平安,把别人送下坟墓里去享受永久的平安,可是我们的心灵却把我们磨折得没有一刻平静的安息,使我们觉得还是跟已死的人在一起,倒要幸福得多了。邓肯现在睡在他的坟墓里;经过了一场人生的热病⑤,他现在睡得好好的,叛逆已经对他施过最狠毒的伤害,再没有刀剑、毒药、内乱⑥、外患⑦,可以加害于他了。⑧

麦克白夫人　算了算了,我的好丈夫,把您的烦恼的

---

① 原文为 what's done, is done。这句话在麦克白夫妇的台词中不断重复,但这只是他们的自我安慰——麦克白夫人被罪恶侵袭而发了疯,麦克白在死前就觉得人生已经索然无味,"就像是一个行走的影子……没有任何意义"。

② 这里的"蛇"(snake)指的是邓肯。虽然邓肯死了,但是邓肯的血脉依然存活于世,所以麦克白说"我们不过刺伤了蛇身,却没有把它杀死"。

③ "罪行"原文为 poor malice,这里的 poor 指麦克白夫妇的罪行还不多,不足以毁灭邓肯的一切。这句话表明,麦克白已经坦然接受了自己的恶,并且想要继续作恶。

④ 即我们常说的"寝食难安"。

⑤ "热病"原文为 fitful fever,指的是周期性的一阵阵发热。

⑥ 原文为 Malice domestic,指的是"来自国内的恶意",和下文的 foreign levy 相对。

⑦ 原文为 foreign levy,指的是国外的征兵,与上文的 Malice domestic 相对。国外征兵,意味着要发动战争了,对本国是个威胁。

⑧ 麦克白和麦克白夫人想的一样,觉得他们都"不如那被我们所害的人,倒落得无忧无虑"。

面孔收起①；今天晚上您必须和颜悦色地②招待您的客人。

　　麦克白　　正是，亲人；你也要这样。尤其请你对班柯曲意殷勤，用你的眼睛和舌头给他特殊的荣宠。我们的地位现在还没有巩固，我们虽在阿谀逢迎的人流中浸染周旋，却要保持我们的威严，用我们的外貌遮掩着我们的内心，不要给人家窥破。

　　麦克白夫人　　您不要多想这些了。

　　麦克白　　啊！我的头脑里充满着蝎子，③亲爱的妻子；你知道班柯和他的弗里恩斯尚在人间。

　　麦克白夫人　　可是他们并不是长生不死的。

　　麦克白　　那还可以给我几分安慰，他们是可以伤害的；所以你快乐起来吧。在蝙蝠完成它黑暗中的飞翔以前，在振翅而飞的甲虫应答着赫卡忒④的呼召，用嗡嗡的声音摇响催眠的晚钟以前，将要有一件可怕的事情干完。

　　麦克白夫人　　是什么事情？

　　麦克白　　你暂时不必知道，⑤最亲爱的宝贝，⑥等事

---

① 原文为 Sleek o'er your rugged looks，这里的 sleek 指的是"使……顺滑"，rugged 指的是"皱的"，这句话的原意是"抚平皱巴巴的脸，不要愁苦"。此时麦克白夫人可能正伸手抚平麦克白愁苦的脸。

② 原文为 bright and jovial，这里的 bright 显示出麦克白夜宴众人的君主光辉，也与麦克白黑暗而愁苦的内心构成了鲜明的对比，读之令人倍觉恐怖凄凉。

③ 原文为 O, full of scorpions is my mind，"我的头脑里充满着蝎子"形容头痛欲裂，非常形象。这句台词也是《麦克白》里的一句著名的台词。

④ 赫卡忒（Hecate）是月亮女神。

⑤ 原文为 Be innocent of the knowledge，麦克白没有告诉妻子谋杀班柯的安排，可能是因为他担心妻子的精神状态不稳定，也可能是因为他在杀死邓肯之后变得强大，而麦克白夫人却变得疑神疑鬼了。

⑥ 原文为 dearest chuck，麦克白很关爱自己的妻子，连续称她（转下页注）

成以后,你再鼓掌称快吧。来①,使人盲目的黑夜②,遮住可怜的白昼的温柔的眼睛,用你的无形的毒手,毁除那使我畏惧的重大的绊脚石吧!天色在朦胧起来③,乌鸦都飞回到昏暗的林中;一天的好事开始沉沉睡去,黑夜的罪恶的使者却在准备攫捕他们的猎物。我的话使你惊奇;可是不要说话;以不义开始的事情,必须用罪恶使它巩固。④ 跟我来。(同下。)⑤

---

(接上页注)为 love(3.2.30),dear wife(37)和 dearest chuck(46),与后来得知麦克白夫人死去之时的冷漠形成了鲜明的对比。罪恶不仅侵袭了他们的灵魂,也撕裂了这对夫妻的恩爱关系。

① 第一幕,麦克白夫人曾呼唤恶灵"来"(come)灌注她的全身;现在,麦克白也不再犹豫,开始呼唤"黑夜"(seeling night)"来"(come)了。

② 原文为 seeling night,这里的 seeling 来自驯鹰之法,引申为"蒙蔽、欺骗"之意。

③ 原文为 Light thickens,采用了矛盾修饰法。这里昏沉的天色也让人想起第一幕三女巫上场时的"雾和肮脏的空气"(fog and the filthy air),将麦克白与超自然的邪恶力量联系起来。

④ 原文为 Things bad begun, make strong themselves by ill。麦克白预言了自己的结局,他知道自己的不义,但走罪恶之路也是他自己的选择,并非任何人的怂恿。

⑤ 值得注意的是,这是麦克白夫妇最后一次同时下场。

## 第三场　同前。苑囿,有一路通王宫

三刺客上。

刺客甲　可是谁叫你来帮我们的?

刺客丙　麦克白。①

刺客乙　我们可以不必对他怀疑,他已经把我们的任务和怎样动手的方法都指示给我们了,跟我们得到的命令相符。

刺客甲　那么就跟我们站在一起吧。② 西方还闪耀着一线白昼的余辉;晚归的行客③现在快马加鞭,要来找寻宿处了;我们守候的目标已经在那儿向我们走近。

刺客丙　听! 我听见马蹄声。④

班柯　(在内)喂,给我们一个火把!

刺客乙　一定是他;别的客人们都已经到了宫里了。

刺客甲　他的马在兜圈子。

刺客丙　差不多有一哩路;可是他正像许多人一样,常常把从这儿到宫门口的这一条路作为他们的走道。

刺客乙　火把,火把!

---

① 第三个刺客的身份曾引发诸多讨论。没有证据指向第三个刺客到底是谁,有人认为第三个刺客就是麦克白自己,也有人猜测是洛斯。

② 原文为 Then stand with us. 这里的 stand 指的是埋伏,朱生豪翻译为“跟我们站在一起”是误译。

③ 原文为 the lated traveller,这里的 lated 指的是 belated(迟到的),可以指所有着急寻找驿站的旅客,也暗示着迟到宴席的班柯。

④ 此处应有马蹄声的舞台音效。

刺客丙　是他。

刺客甲　准备好。

　　　　班柯及弗里恩斯持火炬上。①

班柯　今晚恐怕要下雨。

刺客甲　让它下吧。(刺客等向班柯攻击。)②

班柯　啊,阴谋! 快逃,好弗里恩斯,逃,逃,逃! 你也许可以替我报仇。啊奴才! (死。弗里恩斯逃去。)

刺客丙　谁把火灭了?

刺客甲　不应该灭火吗?

刺客丙　只有一个人倒下;那儿子逃去了。③

刺客乙　我们工作的重要一部分失败了。④

刺客甲　好,我们回去报告我们工作的结果吧。(同下。)

————　—

① 此处应为弗里恩斯手持火炬上场。

② "It will be rain tonight." "Let it come down." 班柯的话与刺客甲的话构成一个抑扬格五音步,显示此处的话轮转换非常快。配合打斗的动作,场面惊心动魄。

③ 从"那儿子逃去了"这句台词或可推测出,刺客丙可能就是麦克白伪装的,因为没有人比麦克白更关心班柯子孙的去向。

④ 麦克白陈述了杀死班柯子孙的重要性,刺客显然也知道这一点。弗里恩斯的逃脱,意味着 best half of our affair 失败了。

## 第四场　同前。宫中大厅

　　　　　厅中陈设筵席。麦克白、麦克白夫人、洛斯、列诺克斯、群臣及侍从等上。

　　麦克白　大家按着各人自己的品级坐下来；总而言之一句话，我竭诚欢迎你们。

　　群臣　谢谢陛下的恩典。

　　麦克白　我自己①将要跟你们在一起，做一个谦恭的主人，我们的主妇现在还坐在她的宝座上，可是我就要请她对你们殷勤招待。

　　麦克白夫人　陛下，请您替我向我们所有的朋友们表示我的欢迎的诚意吧。

　　　　　刺客甲上，至门口。

　　麦克白　瞧，他们用诚意的感谢答复你了；两方面已经各得其平。我将要在这儿中间坐下来。大家不要拘束，乐一个畅快；等会儿我们就要合席痛饮一巡。（至门口）你的脸上有血。②

　　刺客甲　那么它是班柯的。

　　麦克白　我宁愿你站在门外，不愿他置身室内。③

---

① 麦克白用了 ourself，也是一处"皇室复数"。
② 麦克白显然一开始就看到杀手在门口了，但是他仍与宾客寒暄，一边招呼众人吃喝，一边自然地踱步至门口。
③ 原文为 'Tis better thee without, than he within 这句话有两种理解：一是"我宁愿你（杀手）站在门外，也不愿他（班柯）置身室内"，一是"我宁愿血在你（杀手）的脸上，也不愿血在他（班柯）的身体里。"

你们已经把他结果了吗？①

刺客甲　陛下，他的咽喉已经割破了②；这是我干的事。

麦克白　你是一个最有本领的杀人犯；可是谁杀死了弗里恩斯，也一样值得夸奖；要是你也把他杀了，那你才是一个无比的好汉。

刺客甲　陛下，弗里恩斯逃走了。

麦克白　我的心病本来可以痊愈，现在它又要发作了；③我本来可以像大理石一样完整，像岩石一样坚固，像空气一样广大自由，现在我却被恼人的疑惑和恐惧所包围拘束。可是班柯已经死了吗？④

刺客甲　是，陛下；他安安稳稳地躺在一条泥沟里，他的头上刻着二十道伤痕，最轻的一道也可以致他死命。

麦克白　谢天谢地。大蛇躺在那里；那逃走了的小虫，⑤将来会用它的毒液害人，可是现在它的牙齿还没有

———————

① 原文为 Is he dispatched? 这里麦克白使用了杀人的黑话。

② 这可能是之后班柯的鬼魂无法说话的原因。对比之下，老哈姆雷特的鬼魂却可以对儿子说话，这是因为老哈姆雷特是被毒死的，而不是割喉。按照鬼魂的说法，"我按照每天午后的惯例，在花园里睡觉的时候，你的叔父乘我不备，悄悄溜了进来，拿着一个盛着毒草汁的小瓶，把一种使人麻痹的药水注入我的耳腔之内"，老哈姆雷特的鬼魂不仅可以说话，还非常罗嗦，带来一种诡异的喜感。

③ 原文为 Then comes my fit again，这里的 fit 指的是一阵一阵的发热和生病。

④ 原文为 But Banquo's safe?，意为"办妥了吗？"，这里麦克白再次使用了杀人的黑话。注意：这一场麦克白反复确认班柯的死亡。

⑤ 这里的"小虫"原文为 worm，指的是小蛇。大蛇显然指的是邓肯，小蛇指的是邓肯的儿子们。

长成。走吧,明天再来听候我的旨意。(刺客甲下。)

麦克白夫人　陛下,您还没有劝过客;宴会上倘没有主人的殷勤招待,那就不是在请酒,而是在卖酒;这倒不如待在自己家里吃饭来得舒适呢。① 既然出来作客,在席面上最让人开胃的就是主人的礼节,缺少了它,那就会使合席失去了兴致的。

麦克白　亲爱的,不是你提起,我几乎忘了!② 来,请放量醉饱吧,愿各位胃纳健旺,身强力壮!

列诺克斯　陛下请安坐。

　　　　　班柯鬼魂上,坐在麦克白座上。③

麦克白　要是班柯在座,那么全国的英俊④,真可以说是荟集于一堂了;我宁愿因为他的疏忽而嗔怪他,不愿因为他遭到什么意外而为他惋惜。

洛斯　陛下,他今天失约不来,是他自己的过失。请陛下上坐,让我们叨陪末席。

麦克白　席上已经坐满了。⑤

---

① 这里麦克白夫人在招呼麦克白赶快返回宴席,向各位王公大臣祝酒。
② 原文用了一个非常简洁的词 sweet remembrancer,有两层含义:一是麦克白感谢麦克白夫人提醒了他不应怠慢众人,二是与班柯的出现相互呼应——班柯的鬼魂提醒着众人麦克白所作的恶。
③ 班柯的鬼魂如何上下场是这一场的讨论热点。有的版本中,班柯的鬼魂在麦克白夫人说完话之后就上场了;另一些版本中,班柯在麦克白提及"要是班柯在座"时上场落座,制造出震惊感。
④ 原文为 our country's honour,此处同样使用了 honour 这个词,让人想起此前麦克白对班柯说的"您听从了我的话,包您有一笔富贵到手"(It shall make honor for you)。
⑤ The table's full. 麦克白此时正从门口往宴席中,似乎第一眼并未看清是班柯的鬼魂。

列诺克斯　陛下,这儿是给您留着的一个位置。

麦克白　什么地方?

列诺克斯　这儿,陛下。什么事情使陛下这样变色?

麦克白　你们哪一个人干了这件事?①

群臣　什么事,陛下?

麦克白　你不能说这是我干的事;别这样对我摇着你的染着血的头发②。

洛斯　各位大人,起来;陛下病了。

麦克白夫人　坐下,尊贵的朋友们,王上常常这样,他从小就有这种毛病。请各位安坐吧;他的癫狂③不过是暂时的,一会儿就会好起来④。要是你们太注意了他,他也许会动怒,发起狂⑤来更加厉害;尽管自己吃喝,不要理他吧。你是一个男子吗?⑥

麦克白　哦,我是一个堂堂男子,可以使魔鬼胆裂的东西,我也敢正眼瞧着它。

麦克白夫人　啊,这倒说得不错! 这不过是你的恐

---

① 麦克白问:"是谁干的?"他可能问的是在场的贵族,以为是有人安排,或是恶作剧。

② 这句话是对班柯的鬼魂说的。原文为 gory locks,指的是班柯卷曲的头发上沾着血块。

③ "癫狂"原文用的仍是 fit。

④ 原文为 upon a thought/ He will again be well,这里的 upon a thought 指的是"立刻、马上",也指"转念一想"。

⑤ "发狂"的原文为 extend his passion,在莎士比亚时期,激情过度(从而丧失理智)被认为是不好的,朱生豪译为"发狂"也是合适的。梁实秋译为"延长他的迷惘",将 passion 译为"迷惘"似不合适。

⑥ 这句话是麦克白夫人转向麦克白说的。麦克白夫人再次质疑起麦克白的男子气概,让人想起她怂恿麦克白去杀害邓肯那一晚。

惧所描绘出来的一幅图画;①正像你所说的那柄引导你
去行刺邓肯的空中的匕首一样。② 啊！要是在冬天的火
炉旁,听一个妇女讲述她的老祖母告诉她的故事的时
候,③那么这种情绪的冲动、恐惧的伪装,倒是非常合适
的。不害羞吗? 你为什么扮这样的怪脸? 说到底,你瞧
着的不过是一张凳子④罢了。

　　麦克白　　你瞧那边! 瞧! 瞧! 瞧! 你怎么说?⑤
哼,我什么都不在乎。要是你会点头⑥,你也应该会说
话。要是殡舍⑦和坟墓必须把我们埋葬了的人送回世
上,那么鸢鸟⑧的胃囊将要变成我们的坟墓了。(鬼魂
隐去。)

　　麦克白夫人　　什么! 你发了疯,把你的男子气都失
掉了吗?⑨

----

① 《麦克白》中有很多对于恐惧心理的描写。麦克白夫人认为魔鬼只是
　　"恐惧的画像",但是显然她也无法承受这样的恐惧,最终发疯了。
② 麦克白夫妇的关系很好,显然麦克白将看见匕首幻象的事情也告诉夫人了。
③ 原文为 old wives' tale,指的是"老妇人的故事",而老妇人讲的经常是编
　　造的故事。
④ 麦克白夫人指的是班柯的"座位"(seat),但用了更常见的"凳子"
　　(stool)一词,以此来劝慰麦克白没什么大不了,不用在意。
⑤ 这句台词是对班柯的鬼魂说的。和莎剧中的其他鬼魂相比,班柯的鬼
　　魂似乎被禁言了,他只能点头或摇头,却无法/不愿说话。当然,这也
　　可能是因为上文提及,班柯是被割喉而死的。
⑥ 此处的"点头"(nod)也起到了舞台说明的作用,提示了班柯鬼魂的舞
　　台动作。
⑦ "殡舍"(charnel-houses)是埋葬尸骨的地方,通常建在教堂附近。一译
　　为藏骸所。
⑧ 鸢鹰(Kite)是一种猛禽,莎剧中经常出现这种凶残贪婪的鸟。
⑨ 原文为 Quite unmanned in folly。麦克白夫人反复质疑麦克白的男子气概,
　　这次她用了 unmanned 这个词,指责丈夫缺乏勇气,胆小怯懦,不像个男人。

麦克白 要是我现在站在这儿,那么刚才我明明瞧见他。①

麦克白夫人 啐!不害羞吗?

麦克白 在人类不曾制定法律保障公众福利以前的古代,杀人流血是不足为奇的事;即使在有了法律以后,惨不忍闻的谋杀事件,也随时发生。从前的时候,一刀下去,当场毙命,事情就这样完结了;可是现在他们却会从坟墓中起来,他们的头上戴着二十件谋杀的重罪②,把我们推下座位③。这种事情是比这样一件谋杀案更奇怪的。

麦克白夫人 陛下,您的尊贵的朋友们都因为您不去陪他们而十分扫兴哩。

麦克白 我忘了。不要对我惊诧,我的最尊贵的朋友们;我有一种怪病,认识我的人都知道那是不足为奇的。来,让我们用这一杯酒表示我们的同心永好,祝各位健康!你们干了这一杯,我就坐下。给我拿些酒来,倒得满满的。我为今天在座众人的快乐,还要为我们亲爱的缺席的朋友班柯尽此一杯;要是他也在这儿就好了!来,

---

① 原文为 If I stand here, I saw him,指的是"就像我确确实实地站在这里一样,我也确确实实地看到了班柯(的鬼魂)",朱生豪译为"要是我现在站在这儿,那么刚才我明明瞧见他"这里存在误译。

② 这里的"二十"是个约数,"二十"也让人想起前文杀手说的"他的头上刻着二十道伤痕,最轻的一道也可以致他死命"。

③ 原文为 push us from our stools,鉴于这一幕发生于宴会,所以这句台词既指"把我们推下宴席的席位",也指"把我们推下王位继承的宝座"。这里的 stool 又呼应了前面麦克白夫人说的"你瞧着的不过是一张凳子罢了"(You look but on a stool.)

为大家、为他,请干杯,请各位为大家的健康干一杯。①

　　群臣　敢不从命。

　　　　　　　班柯鬼魂重上。

　　麦克白　去!离开我的眼前!让土地把你藏匿了!你的骨髓已经枯竭,你的血液已经凝冷;你那向人瞪着的眼睛也已经失去了光彩②。

　　麦克白夫人　各位大人,这不过是他的旧病复发,没有什么别的缘故;害各位扫兴,真是抱歉得很。

　　麦克白　别人敢做的事,我都敢:无论你用什么形状出现,像粗暴的俄罗斯大熊③也好,像披甲的犀牛④、舞爪的猛虎⑤也好,只要不是你现在的样子,我的坚定的神经决不会起半分战栗;或者你现在死而复活,用你的剑向我挑

---

① 麦克白提到班柯的名字,班柯的鬼魂就再次出现了,在众人举杯之时向他摇头。这让麦克白再次失常,在别人眼里确实是一阵一阵地发病。

② 原文为 Thy bones are marrowless, thy blood is cold;／thou hast no speculation in those eyes／Which thou dost glare with。骨里没有骨髓,血液已经冷却;眼睛在看,却无法看见(hast no speculation)。班柯的鬼魂好似行尸走肉一般。

③ 原文为 rugged Russian bear,"俄罗斯的大熊"常常让人联想到暴力。事实上,环球剧院附近就有斗熊场,所谓的"斗熊",就是让狗去撕咬束缚住的大熊,直至大熊血肉模糊,这是当时伦敦观众喜闻乐见的娱乐项目。1599 年,托马斯·普拉特(Thomas Platter)游览伦敦时,既观看了《裘力斯·凯撒》,也看到了刚开张的环球剧院,还看了一场斗熊表演。他看到剧院后面有一个狗栏,里面关着 120 只英国獒;一个畜栏,里面关着 12 头大熊,其中有一只熊还是瞎的。

④ 原文为 armed rhinoceros,"披甲的的犀牛"指的是犀牛的尖角和厚皮就像是犀牛的盔甲一样。

⑤ "舞爪的猛虎"(Hyrcan tiger)指的是赫卡尼亚的老虎,赫卡尼亚(Hyrcania)是古波斯和马其顿王国的一个省,在里海附近,经常有猛虎出没,而猛虎通常让人联想到凶残。

战,要是我会惊惶胆怯,那么你就可以宣称我是一个少女怀抱中的婴孩①。去,可怕的影子! 虚妄的揶揄,去! (鬼魂隐去)嘿,他一去,我的勇气又恢复了。② 请你们安坐吧。

麦克白夫人　你这样疯疯癫癫的,已经打断了众人的兴致,扰乱了今天的良会。

麦克白　难道碰到这样的事,能像飘过夏天的一朵浮云那样不叫人吃惊吗? 我吓得面无人色,你们眼看着这样的怪象,你们的脸上却仍然保持着天然的红润③,这才怪哩。

洛斯　什么怪象,陛下?

麦克白夫人　请您不要对他说话;他越来越疯了;④你们多问了他,他会动怒的。对不起,请各位还是散席了吧;大家不必推先让后,请立刻就去,晚安!

列诺克斯　晚安;愿陛下早复健康!

麦克白夫人　各位晚安! (群臣及侍从等下。)

麦克白　流血是免不了的;他们说,流血必须引起流血。⑤ 据说石块曾经自己转动,树木曾经开口说话;鸦鹊

---

① 原文为 protest me/ The baby of a girl。这里的 protest 指的是"宣称"( proclaim,pronounce),而 the baby of a girl 指的是女孩子的玩偶,而不是婴儿的意思。朱生豪译文"少女怀抱中的婴孩"应为误译。

② 鬼魂一出现,麦克白就发疯;鬼魂一隐去,麦克白就恢复如常,如同触动机关一般,让这个场面显得恐怖而滑稽。

③ 原文为 the natural ruby of your cheeks,指的是健康红润的脸色,与麦克白因为害怕而惨白的脸色( blanched with fear)形成对比。

④ 麦克白夫人再次为麦克白掩饰,让人想起杀害邓肯之后,麦克白夫人装作晕倒,为麦克白转移众人的注意力。

⑤ 原文为 Blood will have blood,出自《圣经·创世记》第九章第 6 节。麦克白不断重复"血"( blood)的字眼。

的鸣声里曾经泄露过阴谋作乱的人。夜过去了多少了?①

麦克白夫人　差不多到了黑夜和白昼的交界,分别不出是昼是夜来。②

麦克白　麦克德夫藐视王命,拒不奉召,你看怎么样?③

麦克白夫人　你有没有差人去叫过他?

麦克白　我偶然听人这么说;可是我要差人去唤他。他们这一批人家里谁都有一个被我买通的仆人,替我窥探他们的动静。④ 我明天要趁早去访那三个女巫,听她们还有什么话说;因为我现在非得从最妖邪的恶魔口中知道我的最悲惨的命运⑤不可。为了我自己的好处,只好把一切置之不顾。我已经两足深陷于血泊之中,要是不再涉血前进,那么回头的路也是同样使人厌倦的。我想起了一些非常的计谋,必须不等斟酌就迅速实行⑥。

――――――――

① 原文为 What is the night? 梁实秋译为"现在是夜里什么辰光了?"
② 原文为 Almost at odds with morning, which is which,这里前面省略了 the night is。这使人想起第二幕第一场班柯说的第一句话:How goes the night, boy?
③ 这里的"藐视王命,拒不奉召"指的是麦克德夫返回费辅城堡,没有去斯贡参加麦克白的继位大典。
④ 原文为 There's not a one of them but in his house/ I keep a servant fee'd. 麦克白在苏格兰贵族家里都安插了眼线,让苏格兰不再是一片赤诚之地,也让经历了火药阴谋的伦敦观众心有余悸。但是,麦克白安插的眼线并未起效,因为麦克白后来并不知道麦克德夫从城堡出逃了。
⑤ 原文为 for now I am bent to know/ By the worst means, the worst;从 by the worst means 来看,麦克白很清楚去咨询三女巫不是一个好选择。
⑥ 麦克白决定继续作恶。他决心不再过多思考,转向行动派了。

麦克白夫人　一切有生之伦,都少不了睡眠的调剂,可是你还没有好好睡过。①

麦克白　来,我们睡去。我的疑鬼疑神、出乖露丑,都是因为未经磨炼、心怀恐惧的缘故②;我们干这事太缺少经验了。③(同下。)

---

① 麦克白夫人的这句话呼应了麦克白之前说的 Sleep no more,不仅麦克白"谋杀了睡眠",而且麦克白夫人也无法安然休息——我们知道她后来患上了梦游症,不断地梦呓和洗手。

② 原文用的是 the initiate fear,指的是最初的恐惧、作为谋杀新手的恐惧。

③ 原文为 young in deed,麦克白说他们在谋杀方面还是新手,缺少经验。这句话真令人恐惧。

## 第五场 荒原①

雷鸣。三女巫上，与赫卡忒相遇。

**女巫甲** 嗳哟，赫卡忒！您在发怒哩。

**赫卡忒** 我不应该发怒吗，你们这些放肆大胆的丑婆子②？你们怎么敢用哑谜和有关生死的秘密和麦克白打交道；我是你们魔法的总管，一切的灾祸都由我主持支配，你们却不通知我一声，让我也来显一显我们的神通？③ 而且你们所干的事，都只是为了一个刚愎自用、残忍狂暴的人④；他像所有的世人一样，只知道自己的利益，一点不是对你们存着什么好意。可是现在你们必须补赎你们的过失；快去，天明的时候，在阿契隆⑤的地坑附近会我，他将要到那边来探询他的命运；把你们的符

---

① 有人认为，第三幕第五场出自米德尔顿笔下，并非莎士比亚所写。一个重要的依据就是，月亮女神赫卡忒（Hecate）的台词用了四音步双行体（tetrameter couplet，即每行四个音步，每个音步为一个抑扬格构成，韵脚为 aa，bb，cc，dd，ee…），《麦克白》之前并未出现过这种诗体。

② 原文为 beldams。beldam＝beldame，指老太婆，尤其是又丑又恶毒者。

③ 赫卡忒生气了，但她显然不是因为三女巫实行魔法而生气，而是因为三女巫单独行动，不给她施法显摆的机会。

④ 原文为 a wayward son，指的是麦克白自私自利，不顾他人，区别于三女巫被称为"命运三女神"（the weyward sisters）。

⑤ 阿契隆（Acheron）是希腊神话中的一条冥河，也被译为阿刻戎。它位于希腊西北部的伊庇鲁斯地区。在希腊语中，阿刻戎河的字面意思是"愁苦之河"。人死后，由引导之神赫尔墨斯接到冥界，渡过阿刻戎河。按照希腊神话，船夫卡隆将亡灵们摆渡到对岸，但亡灵必须交纳一定的过河费，否则将在愁苦之河的沿岸流浪，找不到归宿，故而传说古希腊人下葬是都要在死者嘴里放上一枚钱币，叫做"浸口钱"，就是用来交纳过河费用的。这里的阿契隆借指地狱。

咒、魔蛊①和一切应用的东西预备齐整,不得有误。我现
在乘风而去②,今晚我要用整夜的工夫,布置出一场悲惨
的结果;在正午以前,必须完成大事③。月亮角上挂着一
颗湿淋淋的露珠④,我要在它没有堕地以前把它摄取,用
魔术提炼以后,就可以凭着它呼灵唤鬼,让种种虚妄的幻
影迷乱他的本性;他将要藐视命运,唾斥死生,超越一切
的情理,排弃一切的疑虑,执着他的不可能的希望;你们
都知道自信是人类最大的仇敌⑤。(内歌声,"来吧,来
吧……")⑥听!他们在叫我啦;我的小精灵们⑦,瞧,他
们坐在云雾之中,在等着我呢。(下。)

　　女巫甲　来,我们赶快;她就要回来的。(同下。)

---

① 原文为 vessels,指的是女巫的施咒工具,译为"魔蛊"似乎过于归化,梁
实秋译为"器皿"较合适。

② 原文为 I am for th' air,这句话也起到了舞台说明的作用:赫卡忒接下来
要飞走了。

③ "大事"(great business)让人联想起麦克白夫妇此前用来替代"谋杀"
的类似表达;而现在,麦克白也成了"被处理"的"大事"。

④ 原文为 There hangs a vaporous drop profound,露珠被认为是女巫施行魔
法的常用材料。

⑤ 原文为 security/ Is mortals' chiefest enemy, security 在莎士比亚时代指
"过度自信"、"自负"(over-confidence)。

⑥ 这首歌同样来自米德尔顿的戏剧《女巫》(The Witch, c. 1615)。有学者
据此认为,这一场并非莎士比亚所写,而是出自米德尔顿之手。

⑦ 这里的"小精灵们"(my little spirit)指的也是 familiar spirit,注意原文用
的是单数。

## 第六场　福累斯。宫中一室

列诺克斯及另一贵族上。①

列诺克斯　我以前的那些话只是叫你听了觉得对劲，那些话是还可以进一步解释的；我只觉得事情有些古怪。仁厚的邓肯被麦克白所哀悼；邓肯是已经死去的了。勇敢的班柯不该在深夜走路，您也许可以说——要是您愿意这么说的话，他是被弗里恩斯杀死的，因为弗里恩斯已经逃匿无踪；人总不应该在夜深的时候走路。哪一个人不以为马尔康和道纳本杀死他们仁慈的父亲，是一件多么惊人的巨变？万恶的行为！麦克白为了这件事多么痛心；他不是乘着一时的忠愤，把那两个酗酒贪睡的溺职卫士杀了吗？那件事干得不是很忠勇的吗？嗯，而且也干得很聪明；因为要是人家听见他们抵赖他们的罪状，谁都会怒从心起的。所以我说，他把一切事情处理得很好；我想要是邓肯的两个儿子也给他拘留起来——上天保佑他们不会落在他的手里——他们就会知道向自己的父亲行弑，必须受到怎样的报应；弗里恩斯也是一样。可是这些话别提啦，我听说麦克德夫因为出言不逊，又不出席那暴君的宴会，已经受到贬辱。您能够告诉我他现在在什么地方吗？

① 列诺克斯的表现前后不一，令这一场非常费解：列诺克斯是在说反话，反讽麦克白吗？他是麦克白派去刺探众人态度的间谍吗？还是，他本身就是一个骑墙派？

贵族　被这暴君篡逐出亡的邓肯世子现在寄身在英格兰宫廷之中,谦恭的爱德华①对他非常优待,一点不因为他处境颠危而减削了敬礼。麦克德夫也到那里去了,他的目的是要请求贤明的英王协力激励诺森伯兰②和好战的西华德③,使他们出兵相援,凭着上帝的意旨帮助我们恢复已失的自由,使我们仍旧能够享受食桌上的盛馔和醋畅的睡眠,不再畏惧宴会中有沾血的刀剑,让我们能够一方面输诚效忠,一方面安受爵赏而心无疑虑;这一切都是我们现在所渴望而求之不得的。这一个消息已经使我们的王上大为震怒,他正在那儿准备作战了。

列诺克斯　他有没有差人到麦克德夫那儿去?

贵族　他已经差人去过了;得到的回答是很干脆的一句:"老兄,我不去。"④那个恼怒的⑤使者转身就走⑥,嘴里好像叽咕着说,"你给我这样的答复,看着吧,你一定会自食其果。"

列诺克斯　那很可以叫他留心留心远避当前的祸害。但愿什么神圣的天使飞到英格兰的宫廷里,预先替

---

① "谦恭的爱德华"(the most pious Edward)指的是英国国王忏悔者爱德华(Edward the Confessor,约1004—1066)。后文爱德华会亲自登场,治疗王邪之症。霍林斯赫德《编年史》曾记载忏悔者爱德华支援马尔康之事。

② 诺森伯兰(Northumberland)位于英国北部。

③ 西华德(Siward)是诺森伯兰公爵的姓氏,这里"好战的西华德"(warlike Siward)在历史上确有其人,但他比麦克白早两年就去世了。

④ 麦克德夫回话的原文:"Sir, not I."

⑤ 原文用了cloudy,指的是脸色阴沉的。

⑥ 使者对麦克德夫不由分说的拒绝非常震惊。原文为The cloudy messenger turns me his back,这里的me没有实际意义,仅表强调。

他把信息传到那儿;让上天的祝福迅速回到我们这一个在毒手压制下备受苦难的国家!

　　贵族　我愿意为他祈祷。(同下。)

第四幕

## 第一场　山洞。中置沸釜

雷鸣。三女巫上。①

**女巫甲**　斑猫②已经叫过三声。

**女巫乙**　刺猬③已经啼了四次。

**女巫丙**　怪鸟④在鸣啸:时候到了,时候到了。

**女巫甲**　绕釜⑤环行火融融,

毒肝腐脏真其中。

蛤蟆蛰眠寒石底,

三十一日夜相继;⑥

汗出淋漓化毒浆,

---

① 第四幕第一场是《麦克白》最令人惊奇的一幕。舞台背景通常会设置在山洞里,这一幕也被认为是第三幕第四场宴会场景的对照,是一场反宴会(Anti-feast)。

② "斑猫"原文为 brinded cat,是一种黄色小猫,身上有暗色条纹,是常见的跟班精灵。

③ "刺猬"原文为 hedge-pig,相当于 hedgehog。这也是 hedge-pig 这个词第一次出现在英语中。

④ "怪鸟"原文为 harpier,也是女巫的跟班精灵。

⑤ "釜"原文为 cauldron,即坩埚,是莎士比亚时期常见的炊具,也被认为是女巫施行巫术的工具。女巫们围绕着锅跳舞的场景,在詹姆斯一世的《恶魔学》里被称为"她们常见的仪式"。但这一场景对莎士比亚时期的英国人来讲却并不多见——因为贫穷的英国女巫很少能买得起锅,所以她们施展魔法往往不需要用坩埚。事实上,在 1591 年的苏格兰女巫审讯(Scottish traial dittays)中,没有一起女巫审判记录中出现过坩锅的使用,在《苏格兰来的消息》(Newes from Scotland)中,也未出现锅的使用。此外,其他的几部"巫术剧",如本·琼生(Ben Jonson)的《假面女王》(Masque of Queenes)中,也并未出现坩埚。事实上,欧洲大陆的女巫才使用坩埚,而英国女巫通常只使用牡蛎壳。

⑥ 31 个日夜也许是为了凑够一个月。

投之鼎釜沸为汤。

众巫　（合）不惮辛劳不惮烦，

釜中沸沫已成澜。①

女巫乙　沼地蟒蛇取其肉，

脔以为片煮至熟；②

蝾螈之目青蛙趾，

蝙蝠之毛犬之齿，

蝮舌如叉蚯蚓③刺，

蜥蜴之足枭之翅，

炼为毒蛊鬼神惊，

扰乱人世无安宁。

众巫　（合）不惮辛劳不惮烦，

釜中沸沫已成澜。

女巫丙　豺狼之牙巨龙鳞，

千年巫尸④貌狰狞；

海底抉出鲨鱼胃，

---

① 原文为 Double, double, toil and trouble; / Fire burn, and cauldron bubble。这里的 double 可能指 double beer，即啤酒煮两遍，酒味会更加浓郁，但 double beer 也被伊丽莎白女王明令禁止。这两句台词被三女巫不断重复，成为了《麦克白》流传最广的台词之一。电影《哈利波特与阿兹卡班的囚徒》就出现了由女巫台词改编的歌曲"Double Trouble"。

② 原文为 In the cauldron boil and bake；注意这里的煮（boil）和烤（bake）都是在坩埚里完成的，但坩埚实际只能煮食物，不能烤。普通人家是没有烤炉的，只有面包房和大户人家才有烤炉。

③ 原文为 blind-worm。蚯蚓和上文的蟾蜍、蛇、蝙蝠和下文的蜥蜴、小猫头鹰等都被认为是有毒的。

④ 原文为 witch's mummy。在莎士比亚时期，巫妖被认为会挖掘遗骸用作召唤鬼怪、施行魔法，这也是巫妖审判的一项重要指控。

夜掘毒芹根块块①；

杀犹太人②摘其肝，

剖山羊胆汁潺潺；

雾黑云深月蚀时，③

潜携斤斧劈杉枝④；

娼妇弃儿死道间，

断指持来血尚殷；⑤

---

① "毒芹"原文为 hemlock，多年生草本植物，剧毒，欧洲民间用此植物作成软膏或浸剂，外用治疗某些皮肤病及痛风或作为风湿、神经痛等的止痛剂。毒芹的毒性主要集中于根茎，root of hemlock 是在莎士比亚戏剧中经常出现的有毒致幻物。

② 原文为 blaspheming Jew，译文把"渎神的"略去了，可能是出于译文音律整齐的需要。犹太人因为不信仰耶稣，因而被认为是"渎神的"。

③ 原文为 Slivered in the moon's eclipse，sliver 指的是切得很薄，月蚀（the moon's eclipse）被认为是不祥或不义之兆。

④ 紫杉（yew）即我们熟知的红豆杉，其枝叶、木材、种子普遍含有毒物质紫杉醇（Taxine），紫杉碱可被人体迅速吸收并作用于心脏及呼吸系统，导致死亡。在西方，紫杉被称为"死亡之树"，紫杉提取物经常被用于谋杀和自杀。文学作品常会提及紫杉制成的毒药。

⑤ 女巫投入沸釜的物件包括了"窒息婴儿的手指"（Finger of birth-stran-gled babe, / Ditch-deliver'd by a drab）。将这句短短的台词扩充一下，我们可以知道，这个死婴的母亲是妓女（drab），婴儿死了，她随意将尸体丢弃在路边。而伊丽莎白时期的观众通常会默认，这个婴儿是被妓女有意闷死的。1624 年，英国曾出台《杀婴法案》（Infanticide Act），将妓女"秘密埋葬或是隐藏孩子的死亡"视作犯罪，参见 Anthony Fletcher, *Gender, Sex, and Subordination in England* 1500—1800, New Haven: Yale UP, 1995, p. 277。这个奇怪的法案显示，妓女杀婴的事件在当时并不少见——倘若"杀婴案件"只是偶尔出现，那么这一条本来就显得怪异的法案就不会通过，甚至根本不会被提交讨论——这句台词也被劳伦斯·斯通引用，作为 16、17 世纪父母对婴儿漠不关心的证据。[Law-rence Stone, *The Family, Sex and Marriage in England*, 1500—1800, New York: Harper and Row, 1977, p. 474.]在 16、17 世纪的英国，父母杀害亲子的案例并不少见。这一时期埃塞克斯郡的记录证明，（转下页注）

(接上页注)至少有 30 个婴儿被自己的母亲杀死。[见 F. G. Emmison, *Elizabethan Life*：*Disorder*, Chelmsford：Esses County Council, 1970, p. 156.]但这种行为往往不能被认定有罪。即使认定有罪,死婴的母亲也常常以"神志不清"、"受到痛风或一时癫狂的影响"[Barbara A. Kellum, "Infanticide in England in the Later Middle Ages," *History of Childhood Quarterly* 1（1974）：p. 372.]为由被无罪释放；即使有所处罚,也相当轻微。在家庭生活中,父母"无心压死孩子"（overlaying）的行为往往比上述"看得见的谋杀"更常见。[见 Lawrence Stone, *The Family*, *Sex and Marriage in England*, 1500—1800, New York：Harper and Row, 1977, p. 474.]芭芭拉·A·凯勒姆（Barbara A. Kellum）认为,由于控告的难度、大众漠不关心的态度以及 1640 年以前的历史证据相当不足,杀婴的行为并未留下多少精确的记录,因而"家庭里的实际发生的谋杀肯定比法律认定的还要多得多"。[见 Barbara A. Kellum, "Infanticide in England in the Later Middle Ages," *History of Childhood Quarterly* 1（1974）：pp. 367—388.]劳伦斯·斯通在《1500—1800 年英国的家庭、性和婚姻》中记录了一个 16、17 世纪英国家庭给孩子起名的惯例："因料到两孩子中只有一个能活,故给两个孩子取同样名字"这种中世纪风俗在 16、17 世纪依然存在。[Lawrence Stone, *The Family*, *Sex and Marriage in England*, 1500—1800, New York：Harper and Row, 1977, p. 409.]斯通解释说,这是当时极高的儿童死亡率所致。与现代社会 2%的死亡率相比,在当时的英国,三分之一的死亡率发生在 20 岁以下的人群中……天花（smallpox）、流感（influenza）、伤寒（typhoid）和斑疹伤寒（typhus）在当时都是致命的疾病。["Population and Demography," *Tudor England*：*an Encyclopedia*, eds. Arthur F. Kinney, and David W. Swain, New York：Garland, 2001, p. 561.]在莎士比亚的时代,约有七分之一的孩子活不过一岁,四分之一的孩子活不到十岁；[Bruce W. Young, *Family Life in the Age of Shakespeare*, West Port：Greenwood, 2009, p. 54.]在英国贵族和农民的所有子女中,约有四分之一到三分之一未活到 15 岁[见 Lawrence Stone, *The Family*, *Sex and Marriage in England*, 1500—1800, New York：Harper and Row, 1977, p. 68.],因此,英国父母为维持自身的精神稳定,始终限制自己与年幼子女情感关涉的程度[同上, p. 215.]。在确定孩子能活过婴儿期之前,父母往往不会给他们单独取名,而是让年龄差不多的孩子们共用一个名字；这样,活下来的那个孩子最终会独占名字,而死去的孩子则被彻底遗忘。这个命名模式的惊人之处在于：它将能指和所指的秩序彻底颠倒过来——名字作为"存在的象征"代替了"存在"本身,而"存在"反而不那么重要了。

土耳其鼻鞑靼唇，①

烈火糜之煎作羹；

猛虎肝肠和鼎内，

炼就妖丹成一味。

众巫　（合）不惮辛劳不惮烦，

釜中沸沫已成澜。

女巫乙　炭火将残蛊将成，

猩猩滴血蛊方凝。

　　　　　赫卡忒上。

赫卡忒　善哉尔曹功不浅，

颁赏酬劳利泽遍。

于今绕釜且歌吟，

大小妖精成环形，

摄人魂魄荡人心。（音乐，众巫唱幽灵之歌。）②

女巫乙　拇指怦怦动，

必有恶人来③；

既来皆不拒，

---

① 土耳其人和鞑靼人因为都不信仰耶稣，所以经常被英国人一起嘲弄。英国人认为，土耳其人和鞑靼人是异教徒，他们没有受洗，故而肢体也不受庇佑，经常沦为施行巫术的工具。

② 整首歌词出现在米德尔顿《女巫》（*The Witch*）第 5 幕第 2 场 63—79 行（"Black spirits and white"）。注意：赫卡忒并非巫妖，所以她不与三女巫一起唱歌。

③ 原文为 By the pricking of my thumbs，/ Something wicked this way comes，这是三女巫另一句非常著名的台词。按照中世纪与文艺复兴时期英国的迷信说法，大拇指动了表示会有事情发生。这里的"something wicked"可能指的不是"恶人"，而是所有邪恶之事。这里的 pricking 也让人想起女巫审判的场景——刺破女巫的手指，看她会不会流血。

洞门敲自开。

麦克白上。

麦克白　啊,你们这些神秘的幽冥的夜游的妖婆子①！你们在干什么？

众巫　(合)一件没有名义的行动。

麦克白　凭着你们的法术,我吩咐你们回答我,不管你们的秘法是从哪里得来的。即使你们放出狂风,让它们向教堂猛击;即使汹涌的波涛会把航海的船只颠覆吞噬;即使谷物的叶片会倒折在田亩上,树木会连根拔起;即使城堡会向它们的守卫者的头上倒下;即使宫殿和金字塔②都会倾圮;即使大自然所孕育的一切灵奇完全归于毁灭,连"毁灭"都感到手软了,我也要你们回答我的问题。

女巫甲　说。

女巫乙　你问吧。

女巫丙　我们可以回答你。③

女巫甲　你愿意从我们嘴里听到答复呢,还是愿意让我们的主人们回答你？

麦克白　叫他们出来;让我见见他们。

女巫甲　母猪九子食其豚,

血浇火上焰生腥;

---

① 原文为 hags,指的是"老妖婆"。

② 这里可能是莎士比亚的笔误,将方尖碑( obelisk )误作金字塔( pyramid )。

③ 三女巫的这几句台词非常简短,可凑成一句诗行。这再次表明:三女巫是作为一个整体出现的。

杀人恶犯上刑场，

汗脂投火发凶光。

众巫　（合）鬼王鬼卒火中来，

现形作法莫惊猜。

　　　　　雷鸣。第一幽灵出现，为一戴盔之头。①

麦克白　告诉我，你这不知名的力量——②

女巫甲　他知道你的心事；听他说，你不用开口。

第一幽灵　麦克白！麦克白！麦克白！留心麦克德夫；留心费辅爵士。放我回去。够了。（隐入地下。）

麦克白　不管你是什么精灵，我感谢你的忠言警告；你已经一语道破了我的忧虑。③ 可是再告诉我一句话——

女巫甲　他是不受命令的。这儿又来了一个，比第一个法力更大。

　　　　　雷鸣。第二幽灵出现，为一流血之小儿。④

————————

① 这个"戴盔之头"可能指麦克白的头，因为在《麦克白》剧终时，麦克白的头颅被麦克德夫砍下了；也可能指麦克唐华德的头，因为在《麦克白》开场时，麦克唐华德的头颅被麦克白砍下了；还可能指麦克德夫，因为是麦克德夫最终砍下了麦克白的头。

② 这里的破折号显示，麦克白的话被女巫打断了。女巫不给麦克白问清楚幽灵语意的机会，使语言的传达产生了间隙，造成了麦克白的误解。同时，女巫不让麦克白说话，也让人想起被杀手割喉、失去发声机会的班柯。

③ 原文为 Thou hast harped my fear aright. 这里的 harp 指的是"拨动竖琴的弦"，引申为"使……发出声音"、"说出"。这个用法是莎士比亚的创造，第一次出现就在此处。这里的"忧虑"（fear）显示，麦克白其实一直疑心麦克德夫会带头反对自己。

④ 这个"流血之小儿"（a bloody child）可能是麦克德夫的儿子，因为他就是被麦克白杀死的；也可能是麦克德夫自己，因为麦克德夫是从母亲的腹中不足月剖腹产的；当然也可能是班柯的子孙，因为班柯的子孙要当王。流血小儿的身份众说纷纭，并无定论。

第二幽灵　麦克白! 麦克白! 麦克白! ——

麦克白　我要是有三只耳朵,我的三只耳朵都会听着你。

第二幽灵　你要残忍、勇敢、坚决①;你可以把人类的力量付之一笑,因为没有一个妇人所生下的人可以伤害麦克白。(隐入地下。)

麦克白　那么尽管活下去吧,麦克德夫;我何必惧怕你呢? 可是我要使确定的事实加倍确定②,从命运手里接受切实的保证③。我还是要你死,让我可以斥胆怯的恐惧为虐妄,在雷电怒作的夜里也能安心睡觉。

雷鸣。第三幽灵出现,为一戴王冠之小儿,手持树枝。④

麦克白　这升起来的是什么,他的模样像是一个王子⑤,他的幼稚的头上还戴着统治的荣冠?

众巫　静听,不要对它说话。⑥

---

① "你要残忍、勇敢、坚决"的原文为 Be bloody, bold and resolute。这也是《麦克白》中非常著名的一句台词。

② 原文为 I'll make assurance double sure. 注意:这里的 double sure 既有"加倍确定"、"反复确认"的意思,也让人想起三女巫的咒语"double, double, toil and trouble",让这句咒语有了另外的含义——辛辛苦苦的"加倍"(double)只会带来"麻烦"(trouble),还让人想起赫卡忒嘲弄麦克白的"你们都知道自信是人类最大的仇敌"(security/ is mortal's chiefest enemy, 3. 5. 32—3)。

③ 注意:这里的"切实的保证"(a bond of fate)应对了上文麦克白的"加倍确定"(double sure),也让人想起《威尼斯商人》里的 double bond。

④ 这里的头戴王冠、手持树枝的小儿(a child crowned, with a tree in his hand)可能指的是马尔康,小孩手持的树枝可能代表勃南森林。

⑤ 原文为 That rises like the issue of a king,指的是"国王的后代"。"班柯的子孙要当王"的预言显然对麦克白产生了巨大的影响。

⑥ 女巫仍然不给麦克白问清楚幽灵语意的机会。

第三幽灵　你要像狮子一样骄傲而无畏,不要关心人家的怨怒,也不要担忧有谁在算计你。麦克白永远不会被人打败,除非有一天勃南的树林会冲着他向邓西嫩高山①移动。(隐入地下。)

麦克白　那是决不会有的事;谁能够命令树木,叫它从泥土之中拔起它的深根来呢? 幸运的预兆! 好! 勃南的树林不会移动,叛徒的举事也不会成功,我们巍巍高位的麦克白将要尽其天年,在他寿数告终的时候奄然物化。② 可是我的心还在跳动着想要知道一件事情;告诉我,要是你们的法术能够解释我的疑惑,班柯的后裔会不会在这一个国土上称王?③

众巫　不要追问下去了。④

麦克白　我一定要知道究竟;要是你们不告诉我,愿永久的咒诅降在你们身上⑤! 告诉我。为什么那口釜沉了下去? 唉,⑥这是什么声音? (高音笛声。)⑦

_____

① 邓西嫩高地(Dunsinane Hill)位于西德劳山(Sidlaw Hills),即现在的苏格兰珀斯(Perth)东北部。

② 麦克白的理解是,即使子孙无法继承王位,至少他自己会寿终正寝,因而稍稍安下心来。

③ 虽然女巫回答了麦克白的三个问题,但对于麦克白最后提出的关键问题,她们并未作答。从这个角度来讲,她们依然是闪烁其词的预言者(imperfect speakers),而麦克白最终还是被她们玩弄了。注意:此处麦克白第一次使用长篇的尾韵体(end-rhyme)来说话,意味着麦克白开始转向女巫的语言风格,不再使用此前的无韵诗了。

④ 女巫第三次拒绝麦克白问清楚幽灵意思。

⑤ 此时,麦克白开始诅咒女巫了!

⑥ 演出时,釜(cauldron)会降到舞台的地道(trap)里。

⑦ 此处的高音笛声意味着加冕仪式及国王出场,引出了《麦克白》非常著名的"八王秀"(a show of eight kings)。这是一幕哑剧,曾经(转下页注)

女巫甲　出来！

女巫乙　出来！

女巫丙　出来！

众巫　（合）一见惊心，魂魄无主；如影而来，如影而去。

作国王装束者八人次第上；最后一人持镜；班柯鬼魂随其后。

麦克白　你太像班柯的鬼魂了；① 下去！ 你的王冠

---

（接上页注）统治苏格兰的八位国王手持象征王权的道具先后出场，但其中并不包含苏格兰的玛丽，因为玛丽在1587年被伊丽莎白处死了。

① 麦克白尚未见到班柯的鬼魂，却在第一个国王出场时，就指向了女巫的预言——班柯的子孙要当王。里德（B. L. Reid）指出，"《麦克白》是一个罪与罚的故事，讨论的是失去和重获恩典。"［见 B. L. Reid，"Macbeth and the Play of Absolutes", *The Sewanee Review*, Vol. 73, No. 1（Winter, 1965）, pp. 19-46: 19.］但这个观点可能忽略了《麦克白》里隐藏的一处重置换——虽然正义战胜了邪恶，叛国之罪得以清算，但邓肯的子嗣并未重掌王权，反而是班柯的后代得到了王位，从这个角度说，这同样是一种"叛国"。乔治·华尔顿·威廉姆斯（George Walton Williams）指出，很明显，班柯是詹姆斯的祖先，莎士比亚想要以此取悦詹姆斯一世，但将班柯的故事插入麦克白的传说，并将班柯置于首要和突出地位的根本原因在于，詹姆斯和班柯同属斯图亚特家族，詹姆斯一世想强调他的斯图亚特血统。而这个"明显"答案的疑点在于，邓肯和马尔康也是詹姆斯的祖先——詹姆斯宣称自己是公元前330年繁荣一时的苏格兰第一任国王弗格斯一世（King Fergus I）的皇室后裔，詹姆斯是弗格斯的第108代后裔，马尔康是第86代、邓肯是第84代——如此说来，邓肯的鬼魂也可以建构祖先的合法性，且比班柯的鬼魂更具报应感，也更贴近历史。［见 George Walton Williams, "Macbeth: King James's Play", *South Atlantic Review*, Vol. 47, No. 2（May, 1982）, pp. 12—21: 18—19.］的确，詹姆斯"重新温和而非暴力地"看待王位继承权，正如他和平继承王位那样，"都是后来的的事"。伊丽莎白后期曾出现十几个人宣称拥有王位继承权，如斯图亚特夫人、格雷、德比伯爵和西班牙国王腓力普二世（或他的女儿），追溯起来，他们都是亨利七世的后人。［见柯兰德（Stuart M. Kurland），（转下页注）

刺痛了我的眼珠。怎么，又是一个戴着王冠的，你的头发①也跟第一个一样。第三个又跟第二个一样。该死的鬼婆子！你们为什么让我看见这些人？第四个！跳出来吧，我的眼睛！什么！这一连串戴着王冠的，要到世界末日才会完结吗？又是一个？第七个！我不想再看了。可是第八个又出现了，他拿着一面镜子，我可以从镜子里面看见许许多多戴王冠的人；有几个还拿着两个金球，三根御杖。② 可怕的景象！啊，现在我知道这不是虚妄的幻象，因为血污的班柯③在向我微笑，用手指点着他们，表示他们就是他的子孙。④（众幻影消灭）什么！真是这样吗？

　　女巫甲　嗯，这一切都是真的；可是麦克白为什么这样呆若木鸡？来，姊妹们，让我们鼓舞鼓舞他的精神，用

---

（接上页注）《哈姆雷特》与苏格兰继承权？》，《丹麦王子与马基雅维利》，罗峰编/译，北京：华夏出版社，2011 年，第 58—62 页。] 强调斯图亚特血统，即苏格兰国王詹姆士四世与英格兰亨利七世女儿的后代，正是詹姆斯作为外国人继承英国王位、弥合苏格兰和英格兰的关键。于是，谋杀国王变成了次要情节，谋杀班柯却反而占据了国王应有的核心位置；班柯的鬼魂重返盛宴，将麦克白从王位上推了下来，而邓肯的鬼魂则被偷偷置换出舞台中心，成为了一个游荡在戏剧边缘的孤魂野鬼。这样的"选择"祖先、"纠正"血统，同样是一场背叛。

① "头发"（hair）谐音双关"后嗣"（heir），呼应了三女巫预言的班柯后代众多。

② 镜子的寓意很多，或为预示未来，或为舞台演出需要；两个金球可能暗指詹姆斯一世的二次加冕——他不仅是苏格兰国王詹姆斯六世，也是英格兰国王詹姆斯一世；三根权杖则分别代表英格兰、苏格兰和威尔士。

③ 原文为 blood-boltered，指的是班柯的头发上沾着血块。

④ 班柯是最后出场的。但在班柯出场之前，麦克白就一眼就认出了这些国王是班柯的子孙。

最好的歌舞替他消愁解闷。我先用魔法使空中奏起乐来，你们就挽成一个圈子团团跳舞①，让这位伟大的君王知道，我们并没有怠慢他。（音乐。众女巫跳舞，舞毕与赫卡忒俱隐去。）②

麦克白　她们在哪儿？去了？愿这不祥的时辰在日历上永远被人咒诅！外面有人吗？进来！

列诺克斯上。③

列诺克斯　陛下有什么命令？

麦克白　你看见那三个女巫④吗？

列诺克斯　没有，陛下。

麦克白　她们没有打你身边过去吗？

列诺克斯　确实没有，陛下。

麦克白　愿她们所驾乘的空气都化为毒雾，⑤愿一切相信她们言语的人都永堕沉沦！⑥ 我方才听见奔马的

---

① 原文为 antique round，即"古怪的圆圈"。antique 指的是"古怪的"，而 round 表示圆圈，因为女巫是转着圈跳舞的。

② 国内外学者对女巫、麦克白、麦克白夫人的研究颇多，视角丰富多样。有学者认为女巫和麦克白夫人体现了"歇斯底里症与恶魔的关联性"［Joanna Levin，"Lady Macbeth and the Daemonologie of Hysteria，" *ELH* 69. 1（Spring 2002）：21—55：p. 25］；有学者强调将女巫解读为"对男权社会的威胁"［Karen Newman，*Fashioning Femininity and English Renaissance Drama*，Chicago：Chicago UP，1992，p. 58］；黑格尔认为，"女巫们预言的正是麦克白自己私心里的愿望"［黑格尔，《美学》，朱光潜译，北京：商务印书馆，1996 年，第 394 页］。

③ 列诺克斯听了麦克白的命令，从外面进来，表明此时他正为麦克白值守。这也为列诺克斯的角色增添了两面性。

④ 麦克白此时也称呼三女巫为 weird sisters。

⑤ 这里的毒雾可能和第一幕三女巫的腾云驾雾一样，都是舞台效果；而因为雾气通常由燃烧硫磺造成，所以它确实有毒，是"毒雾"。

⑥ 麦克白很不明智地也诅咒了自己，因为他也属于"一切相信她们言语的人"。

声音,是谁经过这地方?

列诺克斯　启禀陛下,刚才有两三个使者来过,向您报告麦克德夫已经逃奔英格兰去了。

麦克白　逃奔英格兰去了!①

列诺克斯　是,陛下。

麦克白　时间,你早就料到我的狠毒的行为,竟抢先了一着;要追赶上那飞速的恶念,就得马上见诸行动;从这一刻起,我心里一想到什么,便要立刻把它实行,没有迟疑的余地;我现在就要用行动表示我的意志——想到便下手。② 我要去突袭麦克德夫的城堡;把费辅攫取下来;把他的妻子儿女和一切跟他有血缘之亲的不幸的人们一齐杀死。我不能像一个傻瓜似的只会空口说大话;我必须趁着我这一个目的还没有冷淡下来以前把这件事干好。可是我不想再看见什么幻象了! 那几个使者呢?来,带我去见见他们。(同下。)

---

① 第三幕第六场,麦克白提及自己在麦克德夫家里安插了亲信,但此处他似乎对麦克德夫逃往英格兰的举动感到意外。这意味着他安插的眼线没有起到作用。在某些版本中,这里是以问号结尾的。

② 原文为 To crown my thoughts with acts, be it thought and done,麦克白之后也是这么做的。他的语言变得简短有力,祈使句多、感叹句少,"想到便下手",就像是不再犹豫的王子哈姆雷特。

## 第二场  费辅。麦克德夫城堡

### 麦克德夫夫人、麦克德夫子及洛斯上。①

---

① 第四幕第二场是《麦克白》全剧唯一的家庭生活场景。在 18 世纪的莎剧舞台上，麦克德夫夫人母子被杀一幕常被指为"过于残忍和刺激观众感情"而删去不用。例如，在莎士比亚的教子达文南特（Sir William D'avenant）改编的《麦克白》中，就只出现了麦克德夫夫人和前来报信的列诺克斯等交谈的场景，麦克德夫夫人母子的对话被删，母子三人（达文南特特意提出，麦克德夫有两个孩子）被杀的内容也未在舞台直接表演，而是由列诺克斯向麦克德夫转述的。[ 见 *Macbeth a Tragedy：with all the Alterations，Amendments，Additions，and New Songs：As it's Now Acted at the Dukes Theatre*，London：Printed for P. Chetwin..., 1674, Wing S2930. ] 柯尔律治注意到小麦克德夫在《麦克白》中的重要作用——麦克白杀害无辜妇人和天真儿童的行为将他的暴行推上顶点，引发观众的怜悯和义愤，推动了剧情发展。麦克白为了一己野心屠戮无辜儿童的行为，与小麦克德夫的天真言语"他们是不会算计可怜的小鸟的"、麦克德夫的哀叹"我（麦克德夫）的可爱的鸡雏们和它们的母亲一起葬送在毒手之下"（4.3.218—219）相互映照，愈发显得麦克白残暴。同时，这一行为也让人想起《圣经·申命记》所说"你若在路上遇见鸟窝，……母鸟伏在雏上，……你不可连母带雏一并取去"[ 见《圣经·申命记》第 22 章第 6 节 ] 和《圣经》中希律王为除掉初生的婴儿耶稣而下令杀光耶路撒冷城中所有两岁以下婴儿的故事。莎剧与《圣经》联系密切，据统计，莎士比亚的 38 部戏剧共引用《圣经》1000 多处。[ 见 Naseeb Shaheen, *Biblical References in Shakespeare's Plays*, 2^nd ed., Newark：U of Delaware P, 1999, p.39. ] 小麦克德夫的出现和被杀将麦克白与暴君联系起来，为推翻麦克白的统治提供了合理性。A·C·布雷德利（A. C. Bradley）在《莎士比亚的悲剧》中评论道："从写作技巧来看，安排这场戏（指麦克德夫夫人与其子的对话和被杀一场戏——笔者注）具有一定的价值，它使得最终那一段剧情变成了麦克白和麦克德夫之间的冲突。但它的主要作用并不在此。它是要触发起心中的美感与怜悯，打开泪水与爱的泉源。"[ 见 A. C. Bradley, *Shakespearean Tragedy*, London：Macmillan, 1932, p.391. ] 布雷德利看到了小麦克德夫在"推动戏剧情节发展"之外的作用，他认为莎士比亚创造小麦克德夫，主要是想借小麦克德夫的"天真"和"善良"引起观众的怜悯之心。

麦克德夫夫人　他干了什么事,要逃亡国外?

洛斯　您必须安心忍耐,夫人。

麦克德夫夫人　他可没有一点忍耐;他的逃亡全然是发疯。我们的行为本来是光明坦白的,可是我们的疑虑却使我们成为叛徒。

洛斯　您还不知道他的逃亡究竟是明智的行为还是无谓的疑虑。

麦克德夫夫人　明智的行为!他自己高飞远走,把他的妻子儿女①、他的宅第尊位,一齐丢弃不顾,这算是明智的行为吗?他不爱我们;他没有天性之情;鸟类中最微小的鹪鹩也会奋不顾身,和鸱鸮争斗,保护它巢中的众雏。他心里只有恐惧没有爱;②也没有一点智慧,因为他的逃亡是完全不合情理的。

洛斯　好嫂子,请您抑制一下自己③;讲到尊夫的为人,那么他是高尚明理而有识见的,他知道应该怎样见机行事。我不敢多说什么;现在这种时世太冷酷无情了,我们自己还不知道,就已经蒙上了叛徒的恶名;一方面恐惧

---

① 麦克德夫有几个孩子存在争议,原文此处用的是复数 babes,但演出时舞台上通常只有一个男孩(通常称为 son)在场。

② 麦克德夫夫人对洛斯说:"他心里只有恐惧,没有爱。"此语化用了《新约·约翰一书》第 4 章第 18 节关于爱和恐惧之间关系的教诲:"爱里没有惧怕;爱既完全,就把惧怕除去";"惧怕的人在爱里未得完全"。

③ "抑制一下自己"原文为 school yourself。洛斯劝慰麦克德夫夫人"安心忍耐"(4.2.2)。但麦克德夫夫人似乎不能接受这样的事实,不断控诉丈夫"没有一点忍耐","他的逃亡全是发疯"。这也表明麦克德夫是仓皇出逃,并未与家人商量。

流言,一方面却不知道为何而恐惧,就像在一个风波险恶的海上漂浮,全没有一定的方向。① 现在我必须向您告辞;不久我会再到这儿来。最恶劣的事态总有一天告一段落,或者逐渐恢复原状。我的可爱的侄儿,祝福你!

　　麦克德夫夫人　　他虽然有父亲,却和没有父亲一样。②

　　洛斯　　我要是再逗留下去,才真是不懂事的傻子,既会叫人家笑话我不像个男子汉,还要连累您心里难过;我现在立刻告辞了。(下。)

　　麦克德夫夫人　　小子,你爸爸死了;你现在怎么办?你预备怎样过活?

　　麦克德夫子　　像鸟儿一样过活,妈妈。③

　　麦克德夫夫人　　什么! 吃些小虫儿、飞虫儿吗?④

————————

① 洛斯这里的沉痛描述,让经历了火药阴谋的伦敦观众感同身受。

② 原文为 fathered he is, and yet he's fatherless,指的是他生下来有爸爸,却没有爸爸保护。

③ "像鸟儿一样过活"(as birds do, mother)(4.2.32)。这句话很出人意外;首先,这句回答仅四个单词,省略主谓,只余方式状语,语法极简;其次,前三词皆为单音词,与第四词(双音词)形成"抑扬抑扬抑"节奏,简洁明快,一扫麦克德夫夫人语势的缓慢沉重;此外,在一连数句平淡朴实、毫无修辞色彩的简单句之后,突然冒出"鸟儿"这一色彩鲜亮的明喻(simile),也很特别。《牛津英语字典》(OED)指出,"像鸟儿一样"意味着"快速轻松、不抗拒、无难处、不犹豫"[原文为"like a bird: with swift and easy motion onwards; easily; without resistance, difficulty, or hesitation",见"bird," OED def. 5c]。而鸟的意象对莎士比亚时代的英国观众来说,含义更为特殊。"鸟儿"在《圣经》中出现多次,《马太福音》第6章第26节就说"你们看那天上的飞鸟,也不种,也不收,也不积蓄在仓里,你们的天父尚且养活它。你们不比飞鸟贵重得多吗?"小麦克德夫说"像鸟儿一样过活",很可能就是因为他听过这句名言。

④ 麦克德夫夫人有意曲解儿子的意思,问儿子是否要吃小虫儿和飞虫儿过活,这让人联想起哈姆雷特的"虫吃人"理论。

麦克德夫子　我的意思是说,我得到些什么就吃些什么,正像鸟儿一样。

麦克德夫夫人　可怜的鸟儿!你从来不怕有人张起网儿、布下陷阱,捉了你去哩。

麦克德夫子　我为什么要怕这些,妈妈?他们是不会算计可怜的小鸟的。① 我的爸爸并没有死,虽然您说他死了。

麦克德夫夫人　不,他真的死了。你没了父亲怎么好呢?

麦克德夫子　您没了丈夫怎么好呢?

麦克德夫夫人　嘿,我可以到随便哪个市场上去买二十个丈夫回来。

麦克德夫子　那么您买了他们回来,还是要卖出去的。

麦克德夫夫人　这刁钻的小油嘴;可也亏你想得出来。

---

① 这里小麦克德夫说的 poor 指的是"不怎么样的,资质差的",与上一句麦克德夫夫人说的 poor("可怜的")构成双关。小麦克德夫这么说,可能出于他听到过《圣经》典故。《诗篇》第 91 首第 2—4 节提到:"我要论到耶和华说,'他是我的避难所,是我的山寨,是我的神,是我所倚靠的。'他必救你脱离捕鸟人的网罗和毒害的瘟疫。他必用自己的翎毛遮蔽你,你要投靠在他的翅膀底下。他的诚实是大小的盾牌。"《诗篇》第 124 首第 7—8 节又道:"我们好像雀鸟,从捕鸟人的网罗里逃脱;网罗破裂,我们逃脱了。我们得帮助,是在乎倚靠造天地之耶和华的名。"在这一来一回、一问一答间,母亲的忧虑有所缓解,而孩子话语中的"小鸟"、"小虫"意象天真,句式简单,也让人一时忘记了洛斯言语中深深的恐惧。母子俩的对话温馨甜蜜,将费辅城堡与整个苏格兰阴霾的气氛和黑暗的政治隔绝开来,将杀戮和残酷的气氛暂时冲散了。

麦克德夫子　我的爸爸是个反贼吗,妈妈?①

麦克德夫夫人　嗯,他是个反贼。

麦克德夫子　怎么叫做反贼?

麦克德夫夫人　反贼就是起假誓扯谎的人。②

麦克德夫子　凡是反贼都是起假誓扯谎的吗?

麦克德夫夫人　起假誓扯谎的人都是反贼,都应该绞死。

麦克德夫子　起假誓扯谎的都应该绞死吗?

麦克德夫夫人　都应该绞死。

麦克德夫子　谁去绞死他们呢?

麦克德夫夫人　那些正人君子。

麦克德夫子　那么那些起假誓扯谎的都是些傻瓜,他们有这许多人,为什么不联合起来打倒那些正人君子,把他们绞死了呢?③

---

① 注意这里对"反贼"的讨论同样指向火药阴谋,让剧场之中、刚刚经历火药阴谋的观众感同身受。

② 原文为 one that swears and lies,指的是发誓又违背誓言的人。麦克德夫夫人将"反贼"与说谎相联系,也让人想起基督教的价值观。耶和华在西奈山向摩西颁布的"十诫"中,第一条就是要"除了我以外,你不可有别的神。"[见《圣经·出埃及记》第 20 章第 3 节;《圣经·申命记》第 5 章第 7 节]《申命记》第六章也明确规定,谨守耶和华的一切律令、诫命是犹太人的"最大诫命",并警告百姓不可忤逆神。另外,圣经还多次告诫世人,撒谎为上帝所痛恨。《箴言》中就说道:"耶和华所恨恶的有六样,连他心所憎恶的共有七样,就是高傲的眼,撒谎的舌……",[见《箴言》第 6 章第 16—17 节。]而对于说谎的人,"他们的份就在烧着硫磺的火湖里"。[见《圣经·启示录》第 21 章第 8 节]可见,麦克德夫夫人是用"情感"和"神学道德"来定义"反贼"的。

③ 麦克德夫夫人认为,"背叛"和"谋反"是上帝所忌讳的,所以反贼应该被"绞死"。但与母亲不同,小麦克德夫虽然也听过《圣经》(转下页注)

麦克德夫夫人　嗳哟,上帝保佑你,可怜的猴子![1]
可是你没了父亲怎么好呢?

麦克德夫子　要是他真的死了,您会为他哀哭的;要
是您不哭,那是一个好兆,我就可以有一个新的爸爸了。

麦克德夫夫人　这小油嘴[2]真会胡说!

---

(接上页注)以"小虫儿"、"小鸟儿"为喻的教导,但并未真正接受这些
神学道德。他不觉得"反贼"有多严重,也不认为"背叛"和"说谎"就是
十恶不赦、会下地狱。他以自己对现实的观察为依据,从多数派和少数
派的角度重新定义了"反贼":人多就是"君子",人少就是"反贼"。既
然人多者力量大,可以随意处置少数派,那么,被绞死的当然可能是正
人君子,行刑的也可能是反贼。他的解释将"反贼"的意义整个瓦解:
社会斗争中没有正义公平,没有仁义忠诚,只有实力对比。小麦克德夫
以"孩童"的语言,毫不掩饰地质疑成人、说出真相,这让人想起《皇帝
的新装》里大声说出皇帝"根本没穿衣服"的小孩。他将成人世界表面
的和谐撕开了一个口子,暴露出其中运行的两套自相矛盾的规则:神学
(道德)规则规定了好与坏、对与错、正与反;而实际上起作用的却是实
力的强弱对比。胜败与道德无关,胜利只因人多,失败只因人少。这不
禁让人想起文艺复兴时期流行的政治观点,即"说谎不是罪,而是一种
生存的手段"。小麦克德夫这个小小的孩童,却说得出马基雅维利的著
名观点:"统治者只需利用宗教的外表,但是如果他们真心遵从德性,则
会是相当危险的。"[见 Niccolo Machiavelli, *The Prince and Other Political
Writings*. ed. Bruce Penman. London: Dent, 1981, Chapter 18;对《麦克
白》的马基雅维利主义解读,见 Barbara Riebling, "Virtue's Sacrifice: A
Machiavellian Reading of Macbeth," *Studies in English Literature*, 1500—
1900 31. 2 (1991): pp. 273—286.]

[1] 原文为 poor monkey,指的是"可怜的小猴子"、"小皮猴",是母亲对孩
子的昵称。

[2] 《牛津英语大辞典》(*OED*)将 prattle 解释为"以孩子气或天真不虚饰的
方式不停说话或闲谈;对琐事夸夸其谈;胡言乱语"(to talk or chatter in
a childish or artless fashion; to be loquacious about trifles);并指出该词"之
前的用法等同于'空谈、瞎扯'(prate),常含贬义,现在主要指小孩子说
话"。["Prattle," *OED* def. (v.) 1. a.] 麦克德夫夫人称儿子为"小油
嘴"(prattler),恰如其分地道出了小麦克德夫的特点:聪明灵巧,却无
力量。同时,小麦克德夫的话看似成熟深刻,但他似乎只(转下页注)

一使者上。①

使者　祝福您,好夫人!您不认识我是什么人,可是我久闻夫人的令名,所以特地前来,报告您一个消息。我怕夫人目下有极大的危险,要是您愿意接受一个微贱之人的忠告,那么还是离开此地,赶快带着您的孩子们避一避的好。我这样惊吓着您,已经是够残忍的了;要是有人再要加害于您,那真是太没有人道了,可是这没人道的事儿快要落到您头上了。上天保佑您!我不敢多耽搁时间。(下。)

麦克德夫夫人　叫我逃到哪儿去呢?我没有做过害人的事。可是我记起来了,我是在这个世上,这世上做了恶事才会被人恭维赞美,做了好事反会被人当作危险的傻瓜;那么,唉!我为什么还要用这种婆子气的话②替自己辩护,说是我没有做过害人的事呢?

刺客等上。

麦克德夫夫人　这些是什么人?

众刺客　你的丈夫呢?

---

(接上页注)是误打误撞地说出真相,他说的话,其实他自己也不太理解。他更像莎士比亚的一只"传声筒"(mouthpiece)。他的聪明也只是"巧智"(quick wit),并非真正的"智慧"(wisdom)。

① 有人认为,这里的信使(messenger)就是麦克白之前安插在费辅城堡的眼线。麦克白屠杀无辜妇孺,连他的眼线也看不下去了,来向麦克德夫夫人报信。这个说法似乎可以说得通,也可解释为什么麦克白没有提前知道麦克德夫逃亡英格兰之事。

② "婆子气"的抗议,原文为 womanly defense。与麦克白夫人相比,麦克德夫夫人善良又软弱,没有办法保护自己和孩子,在此性命攸关之时也只会哀叹"我没有做过害人的事",非常可怜。

麦克德夫夫人　我希望他是在光天化日之下你们这些鬼东西不敢露脸的地方。

刺客　他是个反贼。

麦克德夫子　你胡说,你这蓬头的恶人![1]

刺客　什么! 你这叛徒的孽种![2] （刺麦克德夫子。）

麦克德夫子　他杀死我了,妈妈;您快逃吧! （死。麦克德夫夫人呼"杀了人啦!"下,众刺客追下。）[3]

---

[1]　原文为 shag-haired villain,shag-haired 指的是头发又长又蓬松的。

[2]　原文用了 egg 和 fry,都是子嗣的意思。

[3]　小麦克德夫反击道:"说谎,你们这蓬头的恶人!"（Thou liest, thou shag-haired villain。4.2.79）,之后遇害。被杀前,他仍不忘呼唤母亲快逃。在面对两个凶徒时,小麦克德夫并未惊慌逃跑,而是主动出击,挑战凶徒。他所展现出来的勇气让许多评论家感动,克林斯·布鲁克斯（Cleanth Brooks）说道:"这个弱小的孩子向杀人凶手挑战。孩子的挑战证明了一种威胁着麦克白而麦克白却无力消灭的力量。"[ 见 Cleanth Brooks, "The Naked Babe and the Cloak of Manliness," *The Well Wrought Urn : Studies in the Structure of Poetry*, New York : Harcourt Brace Jovanivich, 1947, p.47. ] 布雷德利（A. C. Bradley）则对小麦克德夫临死前还想要保护母亲的行为很是赞赏,他感叹道:"我不敢肯定,倘若科里奥利纳斯之子被杀时,他对母亲的临终之言会不会是:妈妈,你快逃吧。"[ 见 A. C. Bradley, *Shakespearean Tragedy*, London : Macmillan, 1932, p.395. ]

## 第三场  英格兰。王宫前

马尔康及麦克德夫上。①

马尔康  让我们找一处没有人踪的树荫,在那里把我们胸中的悲哀痛痛快快地哭个干净吧。

麦克德夫  我们还是紧握着利剑,像好汉子似的卫护我们被蹂躏的祖国②吧。每一个新的黎明都听得见新孀的寡妇在哭泣,新失父母的孤儿在号啕,新的悲哀上冲霄汉,发出凄厉的回声,就像哀悼苏格兰的命运,替她奏唱挽歌一样。

马尔康  我相信的事就叫我痛哭,我知道的事就叫我相信;我只要有机会效忠祖国,也愿意尽我的力量。您说的话也许是事实。③ 一提起这个暴君的名字,就使我们切齿腐舌。可是他曾经有过正直的名声;您对他也有很好的交情;他也还没有加害于您。我虽然年轻识浅,可是您也许可以利用我向他邀功求赏,把一头柔弱无罪的羔羊向一个愤怒的天神献祭,④不失为一件聪明的事。

---

① 这一场是《麦克白》全剧最长的一场;也是莎士比亚改编最少、最遵循霍林斯赫德《编年史》记载的一场。注意:一开场马尔康的悲观就和麦克德夫的积极乐观构成了对比,当然马尔康也可能是出于试探,对应了马尔康在第二幕第三场所说的两句话,“假装出一副悲哀的脸,是每一个奸人的拿手好戏。我要到英格兰去。”

② “祖国”原文用了 Birthdom,是莎士比亚自己创造的单词。

③ 马尔康的语气正式、用词谨慎,因为他并不了解麦克德夫的来意,不愿贸然表态。

④ 无罪的羔羊(innocent lamb),此处借用了耶稣的形象。

麦克德夫　我不是一个奸诈小人。

马尔康　麦克白却是的。在尊严的王命之下,忠实仁善的人也许不得不背着天良行事。可是我必须请您原谅;您的忠诚的人格决不会因为我用小人之心去测度它而发生变化;最光明的天使①也许会堕落,可是天使总是光明的;虽然小人全都貌似忠良,可是忠良的一定仍然不失他的本色。

麦克德夫　我已经失去我的希望。

马尔康　也许正是这一点刚才引起了我的怀疑。您为什么不告而别,丢下您的妻子儿女,您那些宝贵的骨肉、爱情的坚强的联系,让她们担惊受险呢? 请您不要把我的多心引为耻辱,为了我自己的安全,我不能不这样顾虑。不管我心里怎样想,也许您真是一个忠义的汉子。

麦克德夫　流血吧,流血吧,可怜的国家! 不可一世的暴君,②奠下你的安若泰山的基业吧,因为正义的力量不敢向你诛讨③! 戴着你那不义的王冠吧,这是你的已经确定的名分;再会,殿下;即使把这暴君掌握下的全部土地一起给我,再加上富庶的东方,我也不愿做一个像你所猜疑我那样的奸人。

马尔康　不要生气;我说这样的话,并不是完全为了不放心您。我想我们的国家呻吟在虐政之下,流泪、流

---

① 原文为 the brightest,指的是撒旦。撒旦原为光明天使路西法( Lucifer),因出于狂妄,企图篡夺独一上帝之位,而堕落成为魔鬼。
② 此处指的是麦克白。
③ 原文为 goodness dare not check thee,这里的"正义的力量"( goodness)指的就是马克康,因为他是邓肯认可的继承人,具有王权的合法性。

血,每天都有一道新的伤痕加在旧日的疮痍之上;我也想到一定有许多人愿意为了我的权利奋臂而起,就在友好的英格兰这里,也已经有数千义士愿意给我助力;可是虽然这样说,要是我有一天能够把暴君的头颅放在足下践踏,或者把它悬挂在我的剑上,我的可怜的祖国却要在一个新的暴君的统治之下,滋生更多的罪恶,忍受更大的苦痛,造成更分歧的局面。

麦克德夫　这新的暴君是谁?

马尔康　我的意思就是说我自己;我知道在我的天性之中,深植着各种的罪恶,要是有一天暴露出来,黑暗的麦克白在相形之下,将会变成白雪一样纯洁;我们的可怜的国家看见了我的无限的暴虐,将会把他当作一头羔羊。

麦克德夫　踏遍地狱也找不出一个比麦克白更万恶不赦的魔鬼。

马尔康　我承认他嗜杀、骄奢①、贪婪、虚伪、欺诈、狂暴、凶恶,一切可以指名的罪恶他都有;可是我的淫佚是没有止境的:你们的妻子、女儿、妇人、处女,都不能填满我的欲壑;我的猖狂的欲念会冲决一切节制和约束;与其让这样一个人做国王,还是让麦克白统治的好。

_____

① 此处马尔康在控诉麦克白罪状时,用了"luxurious"一词。这个词在莎士比亚时代有"荒淫"(lecherous)之意。詹姆斯一世认为淫欲是暴君的一大特征,见 David Norbrook, "Macbeth and the Politics of Historiography," *Politics of Discourse: The Literature and History of Seventeenth-Century England*, eds. Kevin Sharpe, and Steven N. Zwicker, Berkeley: U of California P, 1987, p. 103。

麦克德夫　从人的生理来说，无限制的纵欲是一种"虐政"，它曾经推翻了无数君主，使他们不能长久坐在王位上。可是您还不必担心，谁也不能禁止您满足您的分内的欲望；您可以一方面尽情欢乐，一方面在外表上装出庄重的神气，世人的耳目是很容易遮掩过去的。我们国内尽多自愿献身的女子，无论您怎样贪欢好色，也应付不了这许多求荣献媚的娇娥。①

马尔康　除了这一种弱点以外，在我的邪僻的心中还有一种不顾廉耻的贪婪，要是我做了国王，我一定要诛锄贵族，侵夺他们的土地；不是向这个人索取珠宝，就是向那个人索取房屋；我所有的越多，我的贪心越不知道餍足，②我一定会为了图谋财富的缘故，向善良忠贞的人无端寻衅，把他们陷于死地。

麦克德夫　这一种贪婪比起少年的情欲③来，它的根是更深而更有毒的，我们曾经有许多过去的国王死在它的剑下。可是您不用担心，苏格兰有足够您享用的财富，它都是属于您的；只要有其他的美德，这些缺点都不算什么。④

马尔康　可是我一点没有君主之德，什么公平、正

--------

① 麦克德夫对马尔康私德不佳的容忍，也是取自霍林斯赫德《编年史》。

② 原文为 and my more-having would be as a sauce to make me hunger more，这里的 more-having 指的是"拥有的更多"。马尔康说自己拥有越多，胃口却越大，可谓欲壑难填。

③ 原文为 summer-seeming lust，所谓"夏季的欲望"指的是欲望如同夏天，虽然炙热，却总会过去。朱生豪译为"少年的情欲"是合适的。

④ 此处麦克德夫对马尔康贪欲的容忍，也是来自霍林斯赫德《编年史》。

直、节俭、镇定、慷慨、坚毅、仁慈、谦恭、诚敬、宽容、勇敢、刚强,我全没有;各种罪恶却应有尽有,在各方面表现出来。嘿,要是我掌握了大权,我一定要把和谐的甘乳倾入地狱,扰乱世界的和平,破坏地上的统一。①

麦克德夫 啊,苏格兰,苏格兰!

马尔康 你说这样一个人是不是适宜于统治?我正是像我所说那样的人。

麦克德夫 适宜于统治!不,这样的人是不该让他留在人世的。啊,多难的国家,一个篡位的暴君②握着染血的御枚③高踞在王座上,你的最合法的嗣君又亲口吐露了他是这样一个可咒诅的人,辱没了他的高贵的血统,那么你几时才能重见天日呢④?你的父王是一个最圣明

---

① 流亡英国的马尔康为试探麦克德夫的来意,故意诽谤自己,将谎言和隐瞒用作维护君主统治的武器,尤其提出君主因荒淫无道而"叛国"的可能性,质疑了神圣君主的存在。正如瑞贝卡·莱蒙(Rebecca Lemon)所言,这一幕极具悲剧性,因为它表明"只有通过使用叛徒的手段,国王才能战胜苏格兰重重雾霾的荒野。"[见 Rebecca Lemon, "Scaffolds of Treason in Macbeth", *Theatre Journal*, Vol. 54, No. 1, Tragedy (Mar., 2002), pp. 25—43:42.]

② 原文为 untitled tyrant,这里的 untitled 指的是"名不正言不顺的","不合法的"。

③ 原文为 bloody-sceptred,因为麦克白是靠着血腥杀戮上位的。

④ 原文为 wholesome days,指的是健康的日子;麦克白的统治被认为是国家患上了疾病。《麦克白》有很多与健康和疾病相关的隐喻。一些学者引入拉康式的精神分析解读,认为女巫古怪的言语和行为源于创伤(trauma)所引发的精神病,如三女巫的胡子(with beard, 1. 3. 45)就被认为是多毛症(Hypertrichosis)的表现,病因是在战争中或战后初期,由于女性进入传统的男性行业、承担原本的男性工作所引发的体貌特征男性化[见 Rebecca M. Herzig, "The Woman beneath the Hair: Treating Hypertrichosis, 1870—1930," *NWSA Journal*, Vol. 12, No. 3, 2000, p. 52.];也有人认为,女巫的预言并不存在,三女巫只是麦克(转下页注)

的君主；生养你的母后每天都想到人生难免的死亡，她朝
夕都在屈膝跪求上天的垂怜。再会！你自己供认的这些
罪恶，已经把我从苏格兰放逐。啊，我的胸膛，你的希望
永远在这儿埋葬了！

马尔康　麦克德夫，只有一颗正直的心，才会有这种
勃发的忠义之情，它已经把黑暗的疑虑从我的灵魂上一
扫而空，使我充分信任你的真诚。魔鬼般的麦克白曾经
派了许多说客来，想要把我诱进他的罗网，所以我不得不
着意提防；可是上帝鉴临在你我二人的中间！从现在起，
我委身听从你的指导，并且撤回我刚才对我自己所讲的
坏话，我所加在我自己身上的一切污点，都是我的天性中
所没有的。我还没有近过女色，从来没有背过誓，即使是
我自己的东西，我也没有贪得的欲念；我从不曾失信于
人，我不愿把魔鬼出卖给他的同伴，我珍爱忠诚不亚于生
命；刚才我对自己的诽谤，是我第一次的说谎。那真诚的
我，是准备随时接受你和我的不幸的祖国的命令的。在
你还没有到这儿来以前，年老的西华德①已经带领了一
万个战士，装备齐全，向苏格兰出发了。现在我们就可以

---

（接上页注）白内心邪恶所投射的镜像，而《麦》实际上展示了"文艺复
兴时期幻想对人的伤害"［Suparna Roychoudhury, *Phantasmatic Shake-
speare*: *Imagination in the Age of Early Modern Science*, Ithaca; London; Cor-
nell University Press, 2018, pp. 137—163. ］；还有人认为女巫（包括麦克
白夫人）的施咒其实是患了歇斯底里症（Hysteria），这种疾病也被认为
是人为建构的一种女性疾病［见 Joanna Levin, "Lady MacBeth and the
Daemonologie of Hysteria," *ELH*, Vol. 69, No. 1, 2002, pp. 21—55. ］。
① 根据霍林斯赫德的《编年史》，老西华德（Old Siward）的女儿嫁给邓肯
为妻，所以老西华德应该是马尔康和道纳本的祖父。

把我们的力量合并在一起；我们堂堂正正的义师，一定可以得胜。您为什么不说话？

麦克德夫　好消息和恶消息同时传进了我的耳朵里，①使我的喜怒都失去了自主。

　　　　　　——医生上。

马尔康　好，等会儿再说。请问一声，王上出来了吗？

医生　出来了，殿下；有一大群不幸的人们在等候他医治，他们的疾病使最高明的医生束手无策，可是上天给他这样神奇的力量，只要他的手一触②，他们就立刻痊愈了。

马尔康　谢谢您的见告，大夫。（医生下。）

麦克德夫　他说的是什么疾病？

马尔康　他们都把它叫做瘰疬③；自从我来到英国以后，我常常看见这位善良的国王显示他的奇妙无比的本领。除了他自己以外，谁也不知道他是怎样祈求着上天；可是害着怪病的人，④浑身肿烂，惨不忍睹，一切外科

---

① 原文是 such welcome and unwelcome things at once/ 'Tis hard to reconcile，注意这里也使用了"un+形容词"构成反义词的结构，形成了强烈的对比。

② 这里的"触"（touch）即"摸治"（the Royal Touch）。

③ 瘰疬，"君王之症"（the King's Evil）又称"王邪"，指的是淋巴结核（scrofula）。传说"王邪"之症经国王触摸即可治愈，称为"摸治"（The Royal Touch）。现代医学表明，由于国王的触摸会给予病人极大信心，可以提升患者的免疫力，确有可能治愈淋巴结核。

④ "害着怪病的人"字面意思为"被奇怪地造访过的人"（strangely-visited people, 4. 3. 150），让人想起被女巫、班柯的鬼魂、匕首的幻象等种种异象"造访"（visited）的麦克白夫妇。但是，在苏格兰无法言说的隐疾，却在英国奇迹般地疗愈了；苏格兰医生无法医治的疾病，英国国王爱德华却轻而易举地治好了。

手术无法医治的,他只要嘴里念着祈祷,用一枚金章亲手挂在他们的颈上,他们便会霍然痊愈;据说他这种治病的天能,是世世相传永袭罔替的。除了这种特殊的本领以外,他还是一个天生的预言者,福祥环拱着他的王座,表示他具有各种美德。①

麦克德夫　瞧,谁来啦?

马尔康　是我们国里的人;可是我还认不出他是谁。

　　　　　洛斯上。

麦克德夫　我的贤弟,欢迎。

马尔康　我现在认识他了。② 好上帝,赶快除去使我们成为陌路之人的那一层隔膜吧!③

洛斯　阿门,殿下。

麦克德夫　苏格兰还是原来那样子吗?

洛斯　唉! 可怜的祖国! 它简直不敢认识它自己。它不能再称为我们的母亲,只是我们的坟墓;在那边,除

---

① 这种病"连名医都束手无策",但爱德华却能"妙手回春"(4. 3. 152),被马尔康归因于爱德华所拥有的医治"异能"和"预言之才",而根本原因在于,"他(爱德华)的美德感天格地"(4. 3. 156—159)。医治与合法性的关系,让人想起耶稣基督所行的医治神迹,也暗指了詹姆斯一世的合法性。[ William Shakespeare, *Macbeth*, ed. Sandra Clark and Pamela Mason, the Arden Shakespeare, 3$^{rd}$ Series, London: Bloomsbury, 2018, 262., note 4. 3. 142. ]詹姆斯知道"摸治"不过是迷信,他最终还是参与了这种活动,仅仅因为这样做有助于在公众眼中加强他的王位合法性。[见艾伦·辛菲尔德,《〈麦克白〉:历史、意识形态与知识分子》,黄必康译,《国外文学》1998 年 4 期,第 41 页。]

② 马尔康可能并不认识洛斯,也可能是出于谨慎——他没有放下对麦克德夫的戒心,依然在试探麦克德夫。

③ 之前两人之间确有很多疑惑和猜忌。联系前一句台词,马尔康这句话就更有深意了。

了浑浑噩噩、一无所知的人以外,谁的脸上也不曾有过一丝笑容;叹息、呻吟、震撼天空的呼号,都是日常听惯的声音,不能再引起人们的注意;剧烈的悲哀变成一般的风气;葬钟敲响的时候,谁也不再关心它是为谁而鸣①;善良人的生命往往在他们帽上的花朵还没有枯萎以前就化为朝露。

麦克德夫　啊!太巧妙、也是太真实的描写!

马尔康　最近有什么令人痛心的事情?

洛斯　一小时以前的变故,在叙述者的嘴里就已经变成陈迹了;每一分钟都产生新的祸难。

麦克德夫　我的妻子安好吗?②

洛斯　呃,她很安好。

麦克德夫　我的孩子们呢?

洛斯　也很安好。

麦克德夫　那暴君还没有毁坏他们的平静吗?

洛斯　没有;当我离开他们的时候,他们是很平安的。③

麦克德夫　不要吝惜你的言语④;究竟怎样?

---

① 原文为 The deadmen's knell/ Is there scarce asked for who,这里省略了 for whom the bell tolls. 正如邓恩在布道词中所说,"不要问丧钟为谁而鸣,它是为了你。"( Never send to know for whom the bell tolls; it tolls for thee. )

② 此处麦克德夫突然提起妻儿,可能是因为他一直对妻儿的安危心存疑虑。

③ 原文为 they were well at peace,但观众此时都知道,此时麦克德夫的妻儿已经 rest in peace(安息)了。

④ 原文为 Be not a niggard of your speech,niggard 指的就是吝啬鬼。麦克德夫让洛斯不要吝啬言语,请他和盘托出真相。

洛斯　当我带着沉重的消息、预备到这儿来传报的时候,一路上听见谣传,说是许多有名望的人都已经起义①;这种谣言照我想起来是很可靠的,因为我亲眼看见那暴君的军队在出动。现在是应该出动全力挽救祖国沦夷的时候了;你们要是在苏格兰出现,可以使男人们个个变成兵士,使女人们愿意从她们的困苦之下争取解放而作战。

马尔康　我们正要回去,让这消息作为他们的安慰吧。友好的英格兰已经借给我们西华德将军和一万兵士,所有基督教的国家里找不出一个比他更老练、更优秀的军人。

洛斯　我希望我也有同样好的消息给你们! 可是我所要说的话,是应该把它在荒野里呼喊,不让它钻进人们耳中的。

麦克德夫　它是关于哪方面的? 是和大众有关的呢,还是一两个人单独的不幸②?

洛斯　天良未泯的人,对于这件事谁都要觉得像自己身受一样伤心,虽然你是最感到切身之痛的一个。

麦克德夫　倘然那是与我有关的事,那么不要瞒过我;快让我知道了吧。

洛斯　但愿你的耳朵不要从此永远憎恨我的舌头,

① 原文用了 out 一词,指的是"反抗"。out 实际上是一个较为中性的表达,朱生豪译为"起义"有些过于正面评价了。

② 原文用了 fee-grief,很明显这个词是莎士比亚按照 fee-farm、fee-simple 的构词法造出来的词语。

因为它将要让你听见你有生以来所听到的最惨痛的
声音。

麦克德夫　哼,我猜到了。

洛斯　你的城堡受到袭击;你的妻子和儿女都惨死
在野蛮的刀剑之下;要是我把他们的死状告诉你,那会使
你痛不欲生,在他们已经成为被杀害了的驯鹿似的尸体
上,再加上了你的。

马尔康　慈悲的上天! 什么,朋友! 不要把你的帽
子拉下来遮住你的额角①;用言语把你的悲伤倾泄出来
吧;无言的哀痛是会向那不堪重压的心低声耳语,叫它裂
成片片的。

麦克德夫　我的孩子也都死了吗?

洛斯　妻子、孩子、仆人,凡是被他们找得到的,杀得
一个不存。

麦克德夫　我却不得不离开那里! 我的妻子也被杀
了吗?

洛斯　我已经说过了。②

马尔康　请宽心吧;让我们用壮烈的复仇做药饵,治
疗这一段惨酷的悲痛。③

---

① 莎士比亚时期的演员上场时是带着帽子的,而拉下帽子遮住脸意味着
悲伤。现在,演员上场时已经不带帽子了,所以一些剧团会直接删去
这句话。当然这句话也可以视为隐喻,不再起到舞台说明的作用。
② 洛斯不忍心重复,只说"我已经说过了"。
③ 马克康将复仇(revenge)作为治愈悲伤(this deadly grief)的良药,但问
题是:复仇是否可以治愈悲伤? 是否可以挽回麦克德夫的妻儿和城堡
里所有人的生命? 悲伤究竟应该如何治愈?

麦克德夫　他自己没有儿女。① 我的可爱的宝贝们都死了吗？你说他们一个也不存吗？啊，地狱里的恶鸟！② 一个也不存？什么！我的可爱的鸡雏们和他们的母亲一起葬送在毒手之下了吗？

马尔康　拿出男子汉的气概来。③

麦克德夫　我要拿出男子汉的气概来；可是我不能抹杀我的人类的感情。④ 我怎么能够把我所最珍爱的人置之度外，不去想念他们呢？难道上天看见这一幕惨剧而不对他们抱同情吗？罪恶深重的麦克德夫！他们都是为了你而死于非命的。我真该死，他们没有一点罪过，只是因为我自己不好，无情的屠戮才会降临到他们的身上。愿上天给他们安息！

马尔康　把这一桩仇恨作为磨快你的剑锋的砺石；让哀痛变成愤怒；不要让你的心麻木下去，激起它的怒火

---

① 从上下文来看，这里的"他"指的是麦克白。麦克德夫说，麦克白没有子嗣，但历史上麦克白是有子嗣的。

② 原文为 hell-kite，即"地狱中的鸢鹰"，莎士比亚经常提到鸢鹰（kite）的贪婪凶残。

③ 原文为 Dispute it like a man，马尔康对男子气概的强调，也让人想起麦克白夫人通过质疑麦克白的男子气概，怂恿麦克白杀死邓肯一幕。

④ 麦克德夫拒绝了马尔康对男子气概（manhood）的定义。在麦克德夫的妻儿遇害后，洛斯去英格兰寻找麦克德夫，经不住后者再三询问，最终将麦克德夫灭门的惨事和盘托出。麦克德夫悲痛万分，他的这句"我要拿出丈夫的气概来，可是我不能抹杀我的人的感情"（220—221）被许多评论家称为是"情感"与"理智"的完美统一 [见 Paul A. Cantor, "A Soldier and Afeard: *Macbeth* and the Gospelling of Scotland," *Interpretation* 24.3 (1997): pp. 287—318. ]；更有评论家将麦克德夫视为"耶稣基督式的人物" [见 Vincent F. Petronella, The Role of Macduff in *Macbeth*, *Etudes Anglaises* 32.1 (1979): p. 11]。

来吧。

麦克德夫 啊！我可以一方面让我的眼睛里流着妇人之泪，一方面让我的舌头发出大言壮语。可是，仁慈的上天，求你撤除一切中途的障碍，让我跟这苏格兰的恶魔正面相对，使我的剑能够刺到他的身上；要是我放他逃走了，那么上天饶恕他吧！

马尔康 这几句话说得很像个汉子。来，我们见国王去；我们的军队已经调齐，一切齐备，只待整装出发。麦克白气数将绝，天诛将至；黑夜无论怎样悠长，白昼总会到来的。[1]（同下。）

---

① 原文为 The night is long that never finds the day，来自当时的一句谚语 After night comes the day。

第五幕

## 第一场 邓西嫩。城堡中一室

一医生及一侍女①上。

**医生** 我已经陪着你看守了两夜，可是一点不能证实你的报告。她最后一次晚上起来行动是在什么时候？ ②

**侍女** 自从王上出征以后，我曾经看见她从床上起来，披上睡衣，开了橱门上的锁，拿出信纸，把它折起来，在上面写了字，读了一遍，然后把信封好，再回到床上去；可是在这一段时间里，她始终睡得很熟。

**医生** 这是心理上的一种重大的纷乱，③一方面入于睡眠的状态，一方面还能像醒着一般做事。在这种睡眠不安的情形之下，除了走路和其他动作以外，你有没有听见她说过什么话？

**侍女** 大夫，那我可不能把她的话照样告诉您。④

**医生** 你不妨对我说，而且应该对我说。

**侍女** 我不能对您说，也不能对任何人说，因为没有一个见证可以证实我的话。

麦克白夫人持烛上。

**侍女** 您瞧！她来啦。这正是她往常的样子；凭着

---

① 原文为 waiting gentlewoman，指的是王后的贴身侍女，而非一般侍女。
② 此处的医生与第四幕第三场的医生相互呼应。
③ 《麦克白》中反复出现了心理刺激导致失眠的现象。按照现代医学，麦克白夫人的睡眠紊乱（Sleep disorder）可能是抑郁症的表现。
④ 这句台词表明，侍女已经知晓麦克白夫人的秘密，但是她不敢说。

我的生命起誓,①她现在睡得很熟。留心看着她;站近一些。

 医生 她怎么会有那支蜡烛?②

 侍女 那就是放在她的床边的;她的寝室里通宵点着灯火,这是她的命令。

 医生 你瞧,她的眼睛睁着呢。

 侍女 嗯,可是她的视觉却关闭着。③

 医生 她现在在干什么? 瞧,她在擦着手。

 侍女 这是她的一个惯常的动作,好像在洗手似的。我曾经看见她这样擦了足有一刻钟的时间。

 麦克白夫人 可是这儿还有一点血迹。

 医生 听! 她说话了。我要把她的话记下来,免得忘记。

 麦克白夫人 去,该死的血迹! 去吧! 一点、两点,啊,那么现在可以动手了。地狱里是这样幽暗! 呸,我的爷,呸! 你是一个军人,也会害怕吗? 既然谁也不能奈何我们,为什么我们要怕被人知道? 可是谁想得到这老头

---

① 这句台词后来因为渎神被禁止了。*The Act to Restrain Abuses of Players* (1606)禁止编剧和演员使用渎神誓词,规定每提一次罚款 10 英镑。这说明《麦克白》的首演很可能早于 1606 年。

② 蜡烛营造出黑夜的气氛,并将观众的注意力集中到麦克白夫人身上。麦克白夫人换下了礼服,可能身着白色睡衣上场,与之前掌控一切的强大形象构成了鲜明的对比。Diehl 称这支蜡烛为"人的灵魂和生命的标志"。

③ 麦克白夫人虽然睁着眼睛,却什么也看不见,再次呼应了第一幕第四场麦克白的台词"眼睛啊,别望这双手吧"。注意:《麦克白》全剧充斥着种种失调,如眼与手的失调、大自然的失调、睡眠的失调、伦理的失调等。

儿会有这么多血？①

　　医生　你听见没有？

　　麦克白夫人　费辅爵士从前有一个妻子；现在她在哪儿？② 什么！这两只手再也不会干净了吗？算了，我的爷，算了；你这样大惊小怪，把事情都弄糟了。

　　医生　说下去，说下去；你已经知道你所不应该知道的事。

　　侍女　我想她已经说了她所不应该说的话；天知道她心里有些什么秘密。

　　麦克白夫人　这儿还是有一股血腥气；所有阿拉伯的香料都不能叫这只小手变得香一点。③ 啊！啊！啊！④

　　医生　这一声叹息多么沉痛！她的心里蕴蓄着无限的凄苦。

　　侍女　我不愿为了身体上的尊荣，而让我的胸膛里装着这样一颗心。

---

① 麦克白夫人梦游洗手的形象是《麦克白》非常惊骇的一幕。罪恶的反噬力量如此强大，连一开始坚定果决的麦克白夫人现在也承受不起，濒临崩溃了。因为这一幕，麦克白夫人不仅被认为是"第四位女巫"和野心家，而被认为是因为权力而疯癫的"疯女人"，即借用桑德拉·吉尔伯特（Sandra Gilbert）和苏珊·古芭（Susan Gubar）《阁楼上的疯女人》概念。

② "费辅爵士从前有一个妻子"指的是麦克德夫夫人。这句台词表明，麦克白夫人是知道麦克德夫夫人和孩子被杀一事的。

③ 阿拉伯世界是西方世界的香料供应地，"所有阿拉伯的香料都不能叫这只小手变得香一点"，可见血腥之重。麦克白夫人的这句台词也令人想起第二幕第二场麦克白看见自己满手鲜血的反应："大洋里所有的水，能够洗净我手上的血迹吗？不，恐怕我这一手的血，倒要把一碧无垠的海水染成一片殷红呢。"

④ 原文为 Oh, Oh, Oh! 从下文医生的反应来看，这是麦克白夫人在叹息。

医生　好,好,好。

侍女　但愿一切都是好好的,大夫。

医生　这种病我没有法子医治。可是我知道有些曾经在睡梦中走动的人,都是很虔敬地寿终正寝。①

麦克白夫人　洗净你的手,披上你的睡衣;不要这样面无人色②。我再告诉你一遍,班柯已经下葬了;他不会从坟墓里出来的。③

医生　有这等事?

麦克白夫人　睡去,睡去;有人在打门哩。④　来,来,来,来,让我搀着你。事情已经干了就算了。⑤　睡去,睡去,睡去。(下。)

医生　她现在要上床去吗?

侍女　就要上床去了。

医生　外边很多骇人听闻的流言。反常的行为引起了反常的纷扰;良心负疚的人往往会向无言的衾枕泄漏他们的秘密;她需要教士的训诲甚于医生的诊视。⑥　上

---

① 本该医治病患的医生,却由医治者变成了观察者。无论是这里的苏格兰医生,还是上一场出现的英格兰医生,他们都出让了自己的位置,变成了证明君主合法性的工具。

② 这里呼应了第二幕第二场麦克白谋杀邓肯时的"面无人色"。

③ 这里麦克白夫人似乎又来到了第三幕第三场的宴会,麦克白看到班柯的鬼魂出现,不时发疯。

④ 这里麦克白夫人又回到了谋杀邓肯当晚,听到了敲门声。

⑤ 原文为 What's done, cannot be undone, 呼应了麦克白夫妇一直笃信并不断重复的 What's done, is done。罪行对犯罪之人的内心折磨,可见一斑。

⑥ 医生认为麦克白夫人更需要牧师,而不是医生,让在场观众很容易联想起《旧约·历代志下》第16章第12节所说的亚撒"亚撒……　(转下页注)

帝,上帝饶恕我们一切世人!留心照料她;凡是可以伤害她自己的东西全都要从她手边拿开;随时看顾着她。好,晚安!她扰乱了我的心,迷惑了我的眼睛。我心里所想到的,却不敢把它吐出嘴唇。①

　　侍女　晚安,好大夫。(各下。)

(接上页注)脚上有病,而且甚重。病的时候没有求耶和华,只求医生。"《麦克白》还引用了不少《圣经》典故,如麦克白与撒旦相似,麦克白夫人好似夏娃,麦克白夫妇是亚当与夏娃故事的重演;麦克白胜利归途中遇到的女巫就是伊甸园里那诱人犯罪的蛇,国王邓肯则是个基督似的人物,麦克白在自己的城堡里设宴欢迎邓肯好比最后的晚餐里的叛徒犹大,麦克白杀死邓肯就好像把他的主钉死在十字架上,麦克白主动去拜访女巫一幕则呼应了《撒母耳记上》第28章扫罗夜访女巫,要她用魔法召唤先知亡魂以求教战胜非利士人军队之法的记载。

①　医生清楚麦克白夫人的病症所在,却苦于无法言说,权宜之下只能治标不治本地提醒侍女"留心照料她",将"凡是可以伤害她自己的东西全都要从她手边拿开"。侍女曾对医生表示"我可不能把她的话照样告诉您"(5.1.16),表明她早已知晓内情。此时她听着麦克白夫人在梦游中"说了她所不应该说的话"(45),明白"她的心里蕴蓄着无限的凄苦"(50),内心惨然,却依然无法言说。虽然两个人都保持了沉默,但又隐晦提及"外边很多骇人听闻的流言"(68),显示麦克白夫妇的秘密已然成了国人皆知的秘密。这个不可言说的秘密让所有知道的人、乃至整个苏格兰都生了病。

## 第二场　邓西嫩附近乡野

　　　　旗鼓前导,孟提斯、凯士纳斯、安格斯、①列诺克斯②及兵士等上。

　　孟提斯　英格兰军队已经迫近,领军的是马尔康、他的叔父西华德③和麦克德夫三人,他们的胸头燃起复仇的怒火;即使心如死灰的人,为了这种痛入骨髓的仇恨④也会激起流血的决心。

　　安格斯　在勃南森林附近,我们将要碰上他们;他们正在从那条路上过来。

　　凯士纳斯　谁知道道纳本⑤是不是跟他的哥哥在

---

① 孟提斯、凯士纳斯、安格斯三人的名字很可能是莎士比亚从霍林斯赫德《编年史》中直接摘取的。孟提斯和凯士纳斯此前从未出现;安格斯曾在第一幕第三场出现,但他仅仅出场,没有台词。

② 列诺克斯(Lennox)之前和麦克白在一起,此刻却加入了反对麦克白的一方。有学者认为,列诺克斯和洛斯代表着乱世之中毫无原则的两面派。

③ 根据霍林斯赫德的《编年史》,老西华德(Old Siward)是马尔康的祖父。此处出现了"叔父西华德"的说法,可能是因为误传:古英语里 nephew 也有孙子(grandson)的意思。但"叔父"(Uncle Siward)并没有祖父(grandfather)的意思。

④ 原文为 dear causes,指的是复仇大业;同时,cause 也有"疾病"的意思,与充满流血和死亡意象的剧情相互呼应。

⑤ 道纳本此刻正在爱尔兰流亡。此处提及道纳本,的确有些反常。在罗曼·波兰斯基改编的血腥戏剧《麦克白》(1971)结尾,道纳本也和麦克白一样,走进黑暗森林去寻找三女巫,预示着一场新的叛乱将要开始。罗曼·波兰斯基导演的《麦克白》(1971)被认为一方面深受他的同胞、马克思主义批评家扬·科特的影响,另一方面,也受到电影导演亲身经历的恐怖事件的影响——他的家庭遭遇纳粹大屠杀,后来他的妻子又被疯狂的曼森帮虐杀。

一起?

列诺克斯　我可以确实告诉你,将军,他们不在一起。我有一张他们军队里高级将领的名单,里面有西华德的儿子,还有许多初上战场、乳臭未干的少年。①

孟提斯　那暴君有什么举动?

凯士纳斯　他把邓西嫩防御得非常坚固。有人说他疯了;对他比较没有什么恶感的人,却说那是一个猛士的愤怒;可是他不能自己约束住他的惶乱的心情,却是一件无疑的事实。

安格斯　现在他已经感觉到他的暗杀的罪恶紧粘在他的手上②;每分钟都有一次叛变,谴责他的不忠不义;受他命令的人,都不过奉命行事,并不是出于对他的忠

---

① 原文为 even now/ Protest their first of manhood,指的是"这些少年还未证明他们的成人身份",此处的 manhood 指的是"成人"。值得注意的是,《麦克白》中出现了不少未成年的儿童和少年,他们似乎和成人分享了这个残酷的世界,并未受到保护。他们的出现方式不同,功用各异。第一,有些儿童既在舞台上出现,也有台词,如小麦克德、小薛华特和第五幕第三场一个吓得脸色惨白的童军( a lily-liver'd boy)。第二,有些儿童虽未出现在舞台上,但出现在对话中,如麦克白夫人提到过的那个她哺乳过的孩子。第三,有些角色虽由儿童饰演,但不是儿童,如三女巫召唤出的"流血的小儿"。第四,一些儿童以"舞台道具"( stage props)的形式出现,如三女巫投入坩埚的死婴手指。第五,儿童还以比喻的形式在台词中出现,如麦克白所说"(臣民们)对于陛下和王国的责任,正像子女和奴仆一样"( and our duties/ are to your throne and state, children and servants) ( 1.4.24—25) ,"只有小孩的眼睛才会害怕画中的魔鬼"( 2.2.52)。第六,从情节安排上说,麦克白一步步成为滥杀无辜的暴君,部分原因是他畏惧"班柯的子孙会当王";而麦克德夫最终能杀掉麦克白,也正是因为他不是"妇人生的孩子"。可以说,《麦克白》剧中的孩子不仅是意象,也是演员、角色、象征、情节和道具。

② 原文为 sticking on his hands,指的是罪恶"粘在手上,就像是血迹一样"。

诚;现在他已经感觉到他的尊号罩在他的身上,就像一个
矮小的偷儿穿了一件巨人的衣服一样束手绊脚。①

　　孟提斯　他自己的灵魂都在谴责它本身的存在,谁
还能怪他的昏乱的知觉怔忡不安呢。

　　凯士纳斯　好,我们整队前进吧;我们必须认清谁是
我们应该服从的人。为了拔除祖国的沉疴②,让我们准
备和他共同流尽我们的最后一滴血。③

　　列诺克斯　否则我们也愿意喷洒我们的热血,灌溉
这一朵国家主权的娇花,淹没那凭陵它的野草。④　向勃
南进军!(众列队行进下。)

---

①　原文为 like a giant's robe / Upon a dwarfish thief,直译为"就像是一个侏
儒偷穿上巨人的衣服"。注意:此处再次出现了衣服是否合身的比喻。

②　原文为 medicine of the sickly weal,这里的 medicine 指的是医生,而治疗
国家的医生指的是马尔康。凯士纳斯等认为,马尔康能治愈国家的陈
疾,带领苏格兰走回正途。

③　凯士纳斯道:"为了拔除祖国的沉疴,让我们准备和他共同流尽我们的
最后一滴血。"(5.2.27—29)但《麦克白》中所呈现的却并非治愈的良
药,只是掩饰过去的贴布。历史中的麦克白一个接一个被杀死,邓
肯子孙的王位被偷偷置换,超自然的女巫如泡沫般"好像有形的实体
融化了似的,如同呼吸融入了风中"(1.3.81—82),他们都是被建构的
替罪羊,只不过一个不断重复被杀死的命运,一个永远游荡在应有的
王位之外,一个被装扮成若隐若现、不可言说的超自然力量。在他们
被封口、被驱逐、被制造的背后,亦隐藏着极大的恶。

④　"野草"(weeds)比喻苏格兰的混乱政局。

## 第三场　邓西嫩。城堡中一室

麦克白、医生及侍从等上。①

**麦克白**　不要再告诉我什么消息;让他们一个个逃走吧;除非勃南的森林会向邓西嫩移动,我是不知道有什么事情值得害怕的。马尔康那小子②算得什么?他不是妇人所生的吗?预知人类死生的精灵③曾经这样向我宣告:"不要害怕,麦克白,没有一个妇人所生下的人可以加害于你。"那么逃走吧,不忠的爵士们,去跟那些饕餮的英国人④在一起吧。我的头脑,永远不会被疑虑所困扰,我的心灵永远不会被恐惧所震荡。

一仆人上。

**麦克白**　魔鬼罚你变成炭团一样黑,你这脸色惨白的狗头⑤!你从哪儿得来这么一副呆鹅的蠢相⑥?

---

① 此时,麦克白已经很久未出现在舞台上了。经历了漫长的空白,麦克白再次上场时,往往不再勇猛神武,而是皱纹丛生、神色黯然,乃至须发皆白。注意:麦克白虽然和医生、侍从等一起上场,但几人并无交流。他一开场的台词虽然是以对话的形式呈现,却更像是一段独白,显示出他的孤独、疲惫、众叛亲离。

② 原文为 the boy Malcolm,这里的 boy 不仅指年纪轻,还指地位低,如"侍童"就称为 boy。

③ 原文为 spirits,指女巫的跟班精灵们。

④ 原文为 English epicures,指的是英国人重享受,而苏格兰正是从英国人身上才学会了宴会和仪规。大多数苏格兰人认为他们本性并非如此,因此鄙夷地称英格兰人为享乐主义者。

⑤ 原文为 cream-faced loon,cream-faced 指的是"脸吓得像奶油一样白",loon 是盖尔语,指的是"小丑"、"粗鄙之人"、"地位低下之人"。此处朱生豪译为"脸色惨白的狗头"也很适当。

⑥ 原文为 goose-look,指的是一副蠢相。鹅的传统形象就是愚蠢的。

仆人　有一万——

麦克白　一万只鹅吗,狗才?

仆人　一万个兵,陛下。

麦克白　去刺破你自己的脸,把你那吓得毫无血色的两颊染一染红吧,你这鼠胆的小子①。什么兵,蠢才?该死的东西!② 瞧你吓得脸像白布一般③。什么兵,不中用的奴才④?

仆人　启禀陛下,是英格兰兵。

麦克白　不要让我看见你的脸。(仆人下)西登⑤!——我心里很不舒服,当我看见——喂,西登!——这一次的战争也许可以使我从此高枕无忧,也许可以立刻把我倾覆。我已经活得够长久了;我的生命已经日就枯萎,像一片雕谢的黄叶⑥;凡是老年人所应该享有的尊荣、敬爱、服从和一大群的朋友,我是没有希望再得到的了;代替这一切的,只有低声而深刻的咒诅,口

---

① 少年因为上了战场害怕而吓得脸色惨白,被麦克白嘲笑为"白胆的奴才"(lily-liver'd boy),朱生豪译为"鼠胆的小子"很合适,梁实秋译为"胆小的孩子"没有译出 boy 的贬义。

② 原文为 Death of thy soul,也是一句骂人的话。

③ 原文为 linen cheeks,linen 指亚麻色,如:as white as linen。

④ 原文为 whey-face,指脸吓得惨白,whey 指的是牛奶中的乳清部分。

⑤ 西登(Seyton)是麦克白的侍臣。

⑥ 这句台词令人想起莎士比亚的第 73 首十四行诗《在我身上你或许会看见秋天》(That time of year thou mayst in me behold/ when yellow leaves, or none, or few, do hang/ Upon those boughs which shake against the cold,/ Bare ruin'd choirs, where late the sweet birds sang.),这首诗写的也是黄叶,因为黄叶预示着人生的最后阶段。麦克白的世界坍塌了,他发现生无可恋,所以发出了一声非常绝望的感叹——"我已经活得够长久了"。

头上的恭维①和一些违心的假话。西登!②

          西登上。

西登　陛下有什么吩咐?

麦克白　还有什么消息没有?

西登　陛下,刚才所报告的消息,全都证实了。

麦克白　我要战到我的全身不剩一块好肉。给我拿战铠来。③

西登　现在还用不着哩。

麦克白　我要把它穿起来。加派骑兵,到全国各处巡回视察,要是有谁嘴里提起了一句害怕的话,就把他吊死。给我拿战铠来。大夫,你的病人今天怎样?

医生　回陛下,她并没有什么病,只是因为思虑太过,继续不断的④幻想扰乱了她的神经,使她不得安息。

麦克白　替她医好这一种病。你难道不能诊治那种病态的心理,从记忆中拔去一桩根深蒂固的忧郁,拭掉那写在脑筋上的烦恼,用一种使人忘却一切的甘美的药剂,把那堆满在胸间、重压在心头的积毒扫除

---

① 原文为 mouth-honour,指的是"口头上的恭维",与班柯曾经提及的真正的"荣誉"(honour)有天壤之别。

② 麦克白连着呼唤了三遍"西登",西登才出现,表明麦克白已失去权威,陷入孤家寡人的境地了。

③ 虽然麦克白已经知道自己的命运,觉得生无可恋,但他还是决定拼死一搏,战斗到最后一刻。麦克白的行为让人想起《理查三世》中著名的一句台词:A horse, a horse, my kingdam for a horse! 麦克白虽为暴君,但莎士比亚仍将他刻画为一名勇士。

④ 原文为 thick-coming fancies,有学者认为 thick-coming 来自于 thick blood(浓稠的血液)。

干净吗①?

医生　那还是要仗病人自己设法的。②

麦克白　那么把医药丢给狗子吧;我不要仰仗它。来,替我穿上战铠;给我拿指挥杖来。③　西登,把骑兵派出去。——大夫,那些爵士们都背了我逃走了。——来,快。——大夫,要是你能够替我的国家验一验小便④,查明它的病根,使它回复原来的健康,我一定要使太空之中充满着我对你的赞美的回声。——喂,把它脱下了。⑤　——什么大黄肉桂⑥,什么清泻的药剂,可以把这些英格兰人排泄掉?⑦　你听见过这类药草吗?

医生　是的,陛下;我听说陛下准备亲自带兵迎战呢。

麦克白　给我把铠甲带着。⑧　除非勃南森林会向邓

---

① 原文为 Cleanse the stuffed bosom of that perilous stuff/ Which weighs upon the heart? 原文有 stuffed/stuff 的巧妙重复,译文遗憾未呈现。

② 原文为 Therein the patient/ Must minister to himself。注意:代词 himself 表明,patient 不仅指麦克白夫人,也指所有病人,并且巧妙地包含了麦克白在内。医生可谓话中有话。

③ 这两句话有可能是麦克白对西登说的,也有可能是麦克白对跟随他一同上场的侍从们说的。

④ 原文为 cast/ The water of my land,指的是"验一验小便",查查病因是什么。

⑤ 从上下文来看,这里的"它"可能指的是麦克白刚刚穿上的盔甲。刚刚穿上盔甲又脱去,衬托了麦克白此时的焦虑,他实际上对战争的胜负没什么底气。

⑥ 对于当时的英国人来讲,大黄是远东进口的植物,常用作泻药。

⑦ 原文为 scour,既有"排泄"也有"清除"之意。

⑧ 这句话同样是麦克白对西登或侍从们下的指令。

西嫩移动,我对死亡和毒害都没有半分惊恐。

  医生  (旁白)要是我能够远远离开邓西嫩,高官厚禄再也诱不动我回来。(同下。)

## 第四场　勃南森林附近的乡野

　　旗鼓前导①，马尔康、西华德父子、麦克德夫、孟提斯、凯士纳斯、安格斯、列诺克斯、洛斯及兵士等列队行进上。

　　**马尔康**　诸位贤卿，我希望大家都能够安枕而寝的日子已经不远了。

　　**孟提斯**　那是我们一点也不疑惑的。

　　**西华德**　前面这一座是什么树林？

　　**孟提斯**　勃南森林。

　　**马尔康**　每一个兵士都砍下一根树枝来，②把它举起在各人的面前；这样我们可以隐匿③我们全军的人数，让敌人无从知道我们的实力。

　　**众兵士**　得令。

　　**西华德**　我们所得到的情报，都说那自信的暴君仍旧在邓西嫩深居不出，等候我们兵临城下。

　　**马尔康**　这是他的唯一的希望；因为在他手下的人，不论地位高低，一找到机会都要叛弃他，他们接受他的号令，都只是出于被迫，并不是自己心愿。④

--------

① 此处林立的旗帜也包括了现场的伦敦观众所熟悉的英格兰国旗，因为西华德来自英格兰。

② 这句话是马尔康说的，应验了"伯南森林向邓西嫩高地移动"的预言。手持树枝、列队行进，被认为是五朔节（Maying）的传统仪式。

③ 原文为shadow，指的是隐藏起来。

④ 这里呼应了苏格兰医生所说的"要是我能够远远离开邓西嫩，高官厚禄再也诱不动我回来"。

麦克德夫　等我们看清了真情实况再下准确的判断吧,眼前让我们发扬战士的坚毅的精神。

西华德　我们这一次的胜败得失,不久就可以分晓。口头的推测不过是一些悬空的希望,实际的行动才能够产生决定的结果,大家奋勇前进吧![①]（众列队行进下。）

---

① 西华德附和麦克德夫,他也赞成实力是战争胜败的决定因素。

## 第五场　邓西嫩。城堡内

　　　　旗鼓前导,麦克白、西登及兵士等上。

　　麦克白　把我们的旗帜挂在城墙外面;到处仍旧是一片"他们来了"的呼声;我们这座城堡防御得这样坚强,还怕他们围攻吗? 让他们到这儿来,等饥饿和瘟疫①来把他们收拾去吧。倘不是我们自己的军队也倒了戈跟他们联合在一起,我们尽可以挺身出战②,把他们赶回老家去。(内妇女哭声)那是什么声音?

　　西登　是妇女们的哭声,陛下。③ (下。)

　　麦克白　我简直已经忘记了恐惧的滋味。④ 从前一声晚间的哀叫⑤,可以把我吓出一身冷汗,听着一段可怕的故事,我的头发会像有了生命似的竖起来⑥。现在我已经饱尝无数的恐怖;我的习惯于杀戮的思想,再也没有什么悲惨的事情可以使它惊悚了。

　　　　　　西登重上。

　　麦克白　那哭声是为了什么事?

　　西登　陛下,王后死了。

---

① 原文为 famine and the ague,这里的 ague 是 fever(热病)的意思。
② 原文为 beard to beard,胡子对胡子,意思是面对面。麦克白此时已经众叛亲离,但仍相信自己必胜,蔑视敌人。
③ 我们后来知道,此处突然响起的哭声是因为麦克白夫人死了。
④ 自从杀死班柯的那一晚,麦克白似乎变成了行动派,什么也不害怕了。
⑤ 原文为 The time has been,麦克白回想起谋杀邓肯的那一晚。
⑥ 这里原文为 hair,可以指头发竖起,也可指身上的汗毛竖起。

　　麦克白　她反正要死的,①迟早总会有听到这个消息的一天。明天,明天,再一个明天,一天接着一天地蹑步前进,直到最后一秒钟的时间;我们所有的昨天,不过替傻子们照亮了到死亡的土壤中去的路。熄灭了吧,熄灭了吧,短促的烛光!人生不过是一个行走的影子,一个在舞台上指手划脚的拙劣的伶人,登场片刻,就在无声无臭中悄然退下;它是一个愚人所讲的故事,充满着喧哗和骚动②,却

---

① 原文为 She should have died hereafter。这句台词有两个意思:一是麦克白觉得麦克白夫人迟早都要死的,二是麦克白夫人现在不应该死(因为现在这个时候死去,没有办法哀悼她)。第一种理解应合了麦克白的虚无主义的想法,hereafter 这个词呼应了麦克白夫人出场时对麦克白的称呼(the king hereafter),也呼应了三女巫对麦克白的预言,他的荣盛时期已经走到了尽头。赫士列特(William Hazlitt,一译哈兹里特)认为,麦克白夫人让人觉得可怕,不在于她的邪恶,而在于她过于强大的自我意志:"她决心之大几乎掩盖了她罪恶之大。……她的邪恶只在为了达到一个很大的目的;她与别人不同之处也许不在于她心肠狠毒,而是在于她那遇事镇静的头脑与坚强的自我意志。"[赫士列特,《莎士比亚戏剧人物论》(1817),《莎士比亚评论汇编(上)》,杨周翰编选,北京:中国社会科学出版社,1979 年,第 198 页。]

② 福克纳《喧哗与骚动》的书名正来自麦克白的这段话。不仅如此,有学者统计了《喧哗与骚动》昆汀的台词,指出"在昆汀的 32000 字的叙述中,watch(手表)用了 78 次,clock(钟)用了 24 次,time(时间)用了 69 次,shadow(影子)用了 59 次";昆汀的意识流所体验的正是"Life's but a waking shadow, a poor player, / That stunts and frets his hour upon the stage"(人生不过是一个行走的影子,一个在舞台上指手划脚的拙劣的伶人);班吉的意识流更多地表现了麦克白的最后两句台词,也就是"It is a tale / Told by an idiot, full of sound and fury / Signifying nothing"(它是一个愚人所讲的故事,充满着喧哗和骚动,却找不到一点意义)。[见饶晓红,《昆丁:麦克白人生箴言的全面演绎——〈喧哗与骚动〉的互文性解读》,《安徽大学学报》(哲学社会科学版)2007 年第 6 期,第 113 页。]有学者分析了麦克白此时的语言与女巫的语言在韵脚、音调、矛盾性、重复等方面的一致性,指出"喧闹的声音可以表示善恶悖论"[David L. Kranz, "The Sounds of Supernatural Soliciting in 'Macbeth'", (转下页注)

找不到一点意义。①

---

（接上页注）*Studies in Philology* 100. 3（Summer 2003）：346—383：p. 383]；也有学者认为《麦克白》讨论的实际上是"如何在混沌的不确定中善良地活着"的问题［Michael Bristol，"Macbeth the Philosopher：Rethinking Context，"*New Literary History* 42. 4（Autumn 2011）：641—662：p. 659]。

① 人生是一场喧哗的闹剧，人的欲望只是虚空和捕风，神创世界时"看着一切所造的都甚好"［《圣经·创世纪》第 1 章第 31 节］变成了麦克白此处所说的"找不到一点意义"。这样的虚无，让人的所有行为都变得没有意义、没有价值，让人类想要改变自己、改变世界的努力，消解为一堆无意义的碎片。虚无之恶，如同黑洞般消解一切、吞没一切，耗尽了人的一切能量，最后却让人"找不到一点意义"。乔纳森·巴尔多（Jonathan Baldo）比较了伊丽莎白一世和詹姆斯一世的执政特点，开玩笑似地评论道："如果说伊丽莎白时期的政治就是扮演'事事参与'（being a part），那么詹姆斯一世时期的政治特点则是扮演'不闻不问'（being apart）……詹姆斯超然物外；对他来讲，光看看就够了。"［Jonathan Baldo，"The Politics of Aloofness in Macbeth"，*English Literary Renaissance* Vol. 26，Issue3（September 1996）：531—560：531.］但事实上，面对年老无嗣的伊丽莎白女王和即将空出的英格兰王位，詹姆斯并非没有麦克白式的"心里卜卜地跳个不停"，他只是"显得""毫不费力地"继承了英格兰王位——柯兰德曾隐晦的评论道，"这是后来的事"，即詹姆斯的"和平继位"可能只是他继位后对自我形象的重构。1586 年，伊丽莎白女王许诺詹姆斯"不会做出任何举动，损害他（詹姆斯）应有的任何权力或头衔，除非他（詹姆斯）忘恩负义，使她（伊丽莎白）不得不采取相反的态度"；1601 年，伊丽莎白的首席大臣塞西尔开始与詹姆斯通信，劝说詹姆斯耐心等待，不要说或做任何可能疏远詹伊丽莎白或惊动其臣民的事。但有证据表明，詹姆斯却一直在偷偷地寻求各欧洲首府的支持，甚至曾经卷入过埃塞克斯的阴谋。［见柯兰德（Stuart M. Kurland），"《哈姆雷特》与苏格兰继承权"，《丹麦王子与马基雅维利》，罗峰编/译，北京：华夏出版社，2011 年，第 58—59 页。］詹姆斯继位后，"叛国"的转化循环似乎仍在继续。第二幕第三场，麦克白城堡的看门人直接提到了火药阴谋的策划者之一——亨利·加内特神父，将麦克白的故事与当时的这一著名事件联系起来。1606 年 8 月 7 日，《麦克白》在詹姆斯一世夫妇和来访的丹麦国王克里斯蒂安四世御前上演（后者可能也参与了詹姆斯对女王的暗中背叛［同上，第 58—59 页]），可能是为庆祝詹姆斯挫败火药阴谋，但同时也显示出《麦克白》模棱两可的政治态度。叛国之恶从剧中的麦克唐华德和考特爵 （转下页注）

一使者上。

麦克白　你要来播弄你的唇舌；有什么话快说。①

使者　陛下，我应该向您报告我以为我所看见的事，可是我不知道应该怎样说起。

麦克白　好，你说吧。

使者　当我站在山头守望的时候，我向勃南一眼望去，好像那边的树木都在开始行动了。

麦克白　说谎的奴才！

使者　要是没有那么一回事，我愿意悉听陛下的惩处；在这三哩路以内，您可以看见它向这边过来；一座活动的树林。

麦克白　要是你说了谎话，我要把你活活吊在最近的一株树上，让你饿死；要是你的话是真的，我也希望你把我吊死了吧。我的决心已经有些动摇②，我开始怀疑起那魔鬼所说的似是而非的暧昧的谎话③了；"不要害怕，除非勃南森林会到邓西嫩来；"现在一座树林真的到邓西嫩来了。披上武装，出去！④　他所说的这种事情要

---

（接上页注）士传递到麦克白身上，到背叛女王的埃塞克斯身上，到也曾"心里卜卜地跳个不停"的詹姆斯六世身上，再到企图推翻詹姆斯的盖伊·福克斯（Guy Fawkes）及其同伙身上。

① 麦克白不耐烦的态度明让使者犹豫起来，不知如何作答。

② 原文为 I pull in resolution，这里的 pull in 指的是"控制"、"放慢"。麦克白的意思是，他的决心动摇了。

③ 原文为 the equivocation of the fiend，指的是魔鬼说的模棱两可的话。这里说的魔鬼指的是三女巫召唤出的第三个幽灵。

④ 原文为 Arm, arm, and out! 这里的"出去"指的就是去战场。一方面莎士比亚没有把麦克白写成一个迷信的懦夫，而是让他在眼见三女巫预言实现之时愿意拼死一搏，"就是死我们也要捐躯沙场"。（转下页注）

是果然出现,那么逃走固然逃走不了,留在这儿也不过坐以待毙。我现在开始厌倦白昼的阳光,但愿这世界早一点崩溃。① 敲起警钟来! 吹吧,狂风! 来吧,灭亡!② 就是死我们也要捐躯沙场。(同下。)

---

(接上页注)但另一方面,这似乎也验证了麦克白的求死意志——他不再据守城堡,而是冲去战场,因为他“现在开始厌倦白昼的阳光,但愿这世界早一点崩溃”。

① 原文为 I 'gin to be aweary of the sun,／ And wish th' estate o' th world were now undone,麦克白似乎陷入了一种虚无主义,希望整个世界都陷入无序状态。这里的 undone 也让人想起剧中多处有关“做”和“不做”、“做了就完了”、“做了不可能完结”的台词。

② 这里的敲钟,也让人想起第二幕第一场麦克白让仆人请麦克白夫人敲钟,也敲响了预示邓肯死亡的丧钟。

## 第六场　同前。城堡前平原

　　　　旗鼓前导，马尔康、老西华德、麦克德夫等率军队各持树枝上。

　　马尔康　现在已经相去不远；把你们树叶的幕障抛下，现出你们威武的军容来。尊贵的叔父，请您带领我的兄弟——您的英勇的儿子，先去和敌人交战；其余的一切统归尊贵的麦克德夫跟我①两人负责部署。

　　西华德　再会。今天晚上我们只要找得到那暴君的军队，一定要跟他们拚个你死我活。

　　麦克德夫　把我们所有的喇叭一齐吹起来；鼓足了你们的衷气，把流血和死亡的消息吹进敌人的耳里。(同下。②)

---

① 原文为 worthy Macduff and we，注意：此处马尔康用了皇室用词 we 来称呼自己，表明了他的王位继承人身份。
② 这里应当还有战场的号角声( Alarums continued )，号角声穿插在第五幕中，营造出战场氛围。

## 第七场　同前。平原上的另一部分

号角声。麦克白上。

麦克白　他们已经缚住我的手脚;我不能逃走,可是我必须像熊一样①挣扎到底。哪一个人不是妇人生下的?② 除了这样一个人以外,我还怕什么人。

小西华德上。

小西华德　你叫什么名字?

麦克白　我的名字说出来会吓坏你。

小西华德　即使你给自己取了一个比地狱里的魔鬼更炽热的名字,也吓不倒我。

麦克白　我就叫麦克白。

小西华德　魔鬼自己也不能向我的耳中说出一个更可憎恨的名字。

麦克白　他也不能说出一个更可怕的名字。

小西华德　胡说,你这可恶的暴君;我要用我的剑证明你是说谎。(二人交战,小西华德被杀。)

麦克白　你是妇人所生的;我瞧不起一切妇人之子手里的刀剑。③ (下。)

号角声。麦克德夫上。

————————

① 原文为 bear-like,当时的剧场附近一般都会有斗熊场所,所谓"斗熊",其实就是缚住熊的肢体让狗去撕咬它们,非常残忍血腥。麦克白把自己比作一头被缚住的熊。
② 麦克白依然心存侥幸。他相信:依照三女巫的预言,没有人能战胜他。
③ 麦克白再次提及三女巫的预言:任何妇人之子都伤害不了他。

　　麦克德夫　那喧声是在那边。暴君,露出你的脸来;
要是你已经被人杀死,等不及我来取你的性命,那么我的
妻子儿女的阴魂一定不会放过我。我不能杀害那些被你
雇佣的倒霉的士卒①;我的剑倘不能刺中你,麦克白,我
宁愿让它闲置不用,保全它的锋刃,把它重新插回鞘里。
你应该在那边;这一阵高声的呐喊,好像是宣布什么重要
的人物上阵似的。命运,让我找到他吧! 我没有此外的
奢求了。(下。号角声。)

　　　　马尔康及老西华德上。

　　西华德　这儿来,殿下;那城堡已经拱手纳降。② 暴
君的人民有的帮这一面,有的帮那一面;英勇的爵士们一
个个出力奋战;您已经胜算在握,大势就可以决定了。

　　马尔康　我们也碰见了敌人,他们只是虚晃几枪
罢了。

　　西华德　殿下,请进堡里去吧。(同下。号角声。)

　　　　麦克白重上。

　　麦克白　我为什么要学那些罗马人的傻样子,死在
我自己的剑上呢③? 我的剑是应该为杀敌而用的。

　　　　麦克德夫重上。

———————

① 原文为 wretched kerns,这里的 kerns 让观众想起第一幕被麦克白击溃
的麦克唐华德的军队(kerns and galloglasses)——麦克白可能收编了麦
克唐华德的军队,但这些轻骑也被认为是行动迅速/不值得信任的(the
skipping kerns)。

② 原文为 gently rendered,指的是不战而缴械投降。麦克白失去了民心,
在他出战之时,他的臣民投降了。

③ 原文为 Roman fool,指的是罗马士兵不愿被俘,宁愿为荣誉而自杀,麦
克白觉得这些罗马士兵自杀简直是傻子。

麦克德夫　转过来,地狱里的恶狗①,转过来!

麦克白　我在一切人中间,最不愿意看见你。可是你回去吧,我的灵魂里沾着你一家人的血,已经太多了。

麦克德夫　我没有话说;我的话都在我的剑上,你这没有一个名字可以形容你的狠毒的恶贼!(二人交战。)

麦克白　你不过白费了气力;你要使我流血,正像用你锐利的剑锋在空气上划一道痕迹一样困难。让你的刀刃降落在别人的头上吧;我的生命是有魔法保护的,没有一个妇人所生的人可以把它伤害。

麦克德夫　不要再信任你的魔法了吧;让你所信奉的神告诉你,麦克德夫是没有足月就从他母亲的腹中剖出来的②。

麦克白　愿那告诉我这样的话的舌头永受咒诅,因为它使我失去了男子汉的勇气!③　愿这些欺人的魔鬼再也不要被人相信,他们用模棱两可的话愚弄我们,听来好像大有希望,结果却完全和我们原来的期望相反。我不愿跟你交战。

---

① hell-hound,这句话也让人想起麦克白对杀手的训话"你们也算是人,正像家狗、野狗、猎狗、叭儿狗、狮子狗、杂种狗、癞皮狗、统称为狗一样……"。

② 当时不具备剖腹产的医疗条件,"没有足月就从他母亲的腹中剖出来的"意味着麦克德夫出生时,她母亲濒死或已经去世了。

③ 原文为 my better part of man,指的是人的精神。《皆大欢喜》中也有这样的说法,奥兰多见到罗瑟琳之后,感叹:"我的心神都已摧倒,站在这儿的只是一个人形的枪把,一块没有生命的木石。"( My better parts/ Are all thrown down, and that which here stands up/ Is but a quintain, a mere lifeless block. )

　　麦克德夫　那么投降吧，懦夫，我们可以饶你活命，可是要叫你在众人的面前出丑：①我们要把你的像画在篷帐外面，底下写着，"请来看暴君的原形。"②

　　麦克白　我不愿投降，我不愿低头吻那马尔康小子足下的泥土，被那些下贱的民众任意唾骂。虽然勃南森林已经到了邓西嫩，虽然今天和你狭路相逢，你偏偏不是妇人所生下的，可是我还要擎起我的雄壮的盾牌，尽我最后的力量。来，麦克德夫，谁先喊"住手，够了"③的，让他永远在地狱里沉沦。（二人且战且下。）④

————————

①　原文为 live to be the show and gaze o' th' time，指的是成为这个时代的一景。

②　麦克德夫的这句描述让人想起当时的怪胎秀、畸形秀（freak show）。英国人把身体畸形之人视为恶魔的化身，对身体异常之人都有猎奇心理。一些商人会将这些外貌不同的人像珍稀动物一样圈养展览，供人围观取乐。

③　原文为 Hold, enough. 指的是"停手，投降！"

④　有的版本在"二人且战且下"之后加上了"两人且战且上，麦克白被杀死"（enter fighting, and Macbeth slain）的舞台说明，两种处理方式的区别在于：前者麦克白的死亡并未呈现在舞台上；后者麦克白的死亡和理查三世之死一样，是直接呈现在舞台上的。麦克白和理查三世的死亡常常拿来比较，如亨特就曾提及宗教改革运动对文艺复兴时期英国戏剧创作的深刻影响，"在加尔文主义宇宙的语境中，即便是像理查三世或麦克白这样的罪人的毁灭，也能够唤起人的一丝怜悯以及极大的恐惧。"［Rober G. Hunter, *Shakespeare and The Mystery of God's Judgments*, Athens：The University of Georgia Press, 1976, p. 1. ］黑格尔认为，麦克白是性格悲剧，"麦克白追寻名位的野心正是由其性格所决定的，从最开始的踌躇，到为了王冠甚至谋杀国王，到后来为保住王冠采用了残暴凶恶的手段。"［黑格尔，《美学》（第二卷），北京：商务印书馆，1997，第345页。］麦克白虽为暴君，但仍是以战士的形象战死的，这让他的形象更为丰满立体，正如泰纳所说，莎士比亚在塑造人物时"自然而然地懂得如何忘记自己，使自己渗透到描写的对象中去"。［泰纳，《莎士比亚论》，载《莎士比亚研究》，张可译，上海：上海译文出版社，1982年，87页。］

吹退军号①。喇叭奏花腔。旗鼓前导,马尔康、老西华德、洛斯、众爵士及兵士等重上。

马尔康　我希望我们不见的朋友都能够安然到来。

西华德　总有人免不了牺牲;②可是照我看见的眼前这些人说起来,我们这次重大的胜利所付的代价是很小的。

马尔康　麦克德夫跟您的英勇的儿子都失踪了。

洛斯　老将军,令郎已经尽了一个军人的责任;他刚刚活到成人的年龄,就用他的勇往直前的战斗精神证明了他的勇力,像一个男子汉似的死了。

西华德　那么他已经死了吗?

洛斯　是的,他的尸体已经从战场上搬走。他的死是一桩无价的损失,您必须勉抑哀思才好。

西华德　他的伤口是在前面③吗?

洛斯　是的,在他的额部。

西华德　那么愿他成为上帝的兵士!要是我有像头发一样多的儿子,我也不希望他们得到一个更光荣的结局;这就作为他的丧钟吧。④

———————————

① 原文为 Retreat,有清场、重新上台的安排。

② 原文为 Some must go off。Go off 也有演员退场的意思,这里是双关。

③ "在前面"原文为 before。伤在前面而非背后,证明士兵没有临阵脱逃,是一种荣誉的死法。

④ 得知儿子死讯,父亲西华德确认了儿子"伤在前额",知道了儿子不是临阵退却,而是勇敢战斗而死。他感慨道:"要是我有像头发一样多的儿子,我也不希望他们得到一个更光荣的结局",[此处"头发"(hair)和"子嗣"(heir)再次谐音双关。]认为儿子死得其所("那么愿他成为上帝的兵士!"God's soldier be he.)接着,西华德宣布对儿 (转下页注)

马尔康　他是值得我们更深的悲悼的,我将向他致献我的哀思。

西华德　他已经得到他最大的酬报;他们说,他死得很英勇,他的责任已尽;愿上帝与他同在！又有好消息来了。

　　　　麦克德夫携麦克白首级重上。

麦克德夫　祝福,吾王陛下！你就是国王了。瞧,篡贼的万恶的头颅已经取来;无道的虐政从此推翻了。我看见全国的英俊拥绕在你的周围,他们心里都在发出跟我同样的敬礼;现在我要请他们陪着我高呼:祝福,苏格兰的国王！

众人　祝福,苏格兰的国王！(喇叭奏花腔。)

马尔康　多承各位拥戴,论功行赏,在此一朝。各位爵士国戚,从现在起,你们都得到了伯爵的封号,在苏格兰你们

---

(接上页注)子的哀悼就此为止:"这就作为他的丧钟吧"(and so, his knell is knolled)。虽然马尔康提出,小西华德是"值得我们更深的悲悼的"(He's worth more sorrow),但是西华德坚持"他已经得到他最大的酬报"(He's worth no more),"他死得很英勇,他的责任已尽",最后总结了句"愿上帝与他同在",就匆匆转移了话题("又有好消息来了")。卡尔·F·曾德(Karl F. Zender)指出,在情节安排上,小西华德之死作为麦克白的最后一次胜利,加深了麦克白和麦克德夫最终决战之前的悬疑。他认为,小西华德代表着《圣经·以弗所书》中的基督教勇士,与麦克白所代表的"管辖世界的恶魔"(worldly governors)争战,小西华德之死正是"天道秩序"的体现(providential order)。[见 Karl F. Zender, "The Death of Young Siward: Providential Order and Tragic Loss in *Macbeth*," *Texas Studies in Literature and Language* 17. 2 (1975): pp. 415—425.] 换句话说,在情节安排上,小西华德是"必须要死去的一些人"(原文为 some must be off,本意为"有些必要要失去",朱生豪译为"总有人免不了牺牲",梁实秋译为"有些一定是阵亡了")。

是最初享有这样封号的人。① 在这去旧布新的时候,我们还
有许多事情要做;那些因为逃避暴君的罗网而出亡国外的朋
友们,我们必须召唤他们回来;这个屠夫虽然已经死了②,
他的魔鬼一样的王后③,据说也已经亲手杀害了自己的生
命,可是帮助他们杀人行凶的党羽,我们必须一一搜捕,处以
极刑;此外一切必要的工作,我们都要按照上帝的旨意,分
别先后,逐步处理。现在我要感谢各位的相助,还要请你们
陪我到斯贡去,参与加冕大典。④（喇叭奏花腔。众下。）

---

① 原文为 My thanes and kinsmen, Henceforth be earls, the first that ever Scot-
land In such an honor names,注意:马尔康称呼众人的语序与邓肯不同,
而且首次按照英格兰封号 earl 而非苏格兰封号 thane 册封了臣子,一
个新的政治秩序诞生了。

② 原文为 dead butcher,呼应了前文的"英勇的表弟! 尊贵的壮士!",呈现
出对麦克白前后评价的天壤之别。

③ 原文为 fiend-like queen,麦克白夫人不是第三幕中柔弱晕倒、需要被人
照顾的妇人,而是"恶魔一样的王后"。

④ 加冕大典仍然在斯贡进行,让人想起第二幕第四场麦克白的加冕——只是
彼时麦克德夫缺席了。值得注意的是,虽然剧终篡位者受到了惩罚,正义
得以伸张,但该剧并非一出非黑即白、非善即恶的戏剧。剧中种种混杂、轮
回和不可言说之处,并未随着麦克白的死亡而终结,而是指向了更大的邪
恶:一方面,接踵而至的杀戮让整个苏格兰沦为一个死亡集中营,"叹息、呻
吟和哀号撕裂了天空,但却无人闻问……刺心的哀痛似乎成了普遍的心神
恍惚。丧钟敲响时,没有人问起丧钟是在为谁而鸣;好人的生命比他们帽
子上的鲜花萎谢得还要早,没来得及生病就死去了"(4. 3. 164—173)——
《麦克白》没有细说之处,是统治者的无能和无德对国家和国民的巨大伤
害;另一方面,麦克白将人的堕落归结到女巫的预言,马尔康将国家的"流
血"归结到僭主,《麦克白》剧将现实问题归结到邪恶女巫、麦克白和虚无的
人生,将医治的希望寄托在国王的"异能"上,但观众(包括詹姆斯一世本
人)观剧时"心里所想到的",却埋藏在各自心里,不敢或不愿"把它吐出嘴
唇"。这个秘密隐身在医生和侍女的沉默中,隐身在被流放的女巫、被杀死
的麦克白、被推下王位的邓肯的子孙身后,隐身在整个世界的无序和永无
止境的循环中,这可能是《麦克白》最为恐怖之处了。

# 参考书目

Adelman, Janet. *Blood Relations*: *Christian and Jew in* The Merchant of Venice. Chicago: U of Chicago P, 2008.

——. *Suffocating Mothers*: *Fantasies of Maternal Origin in Shakespeare's Plays*, Hamlet *to* The Tempest. London: Routledge, 1992.

Alexander, Catherine, ed. *Shakespeare and Politics*. Cambridge: Cambridge UP, 2004.

Baldo, Jonathan. "The Politics of Aloofness in *Macbeth.*" *English Literary Renaissance* Vol. 26, Issue3, 1996.

Barber, C. L. *Shakespeare's Festive Comedy*: *A Study of Dramatic Form and Its Relation to Social Custom.* Princeton: Princeton UP, 1959.

Berger, Jr, Harry. "The Early Scenes of *Macbeth*: Preface to a New Interpretation." *ELH*, Vol. 47, No. 1, 1980.

Bevington, David. *Shakespeare*: *The Seven Ages of Human Experience*. 2$^{nd}$ ed. Malden: Blackwell, 2005.

——. *Tudor Drama and Politics*: *A Critical Approach to Topi-*

*cal Meanings*. Cambridge: Cambridge UP, 1968.

Biberman, Matthew. "Shakespeare after 9/11," *Shakespeare after 9/11: How a Social Trauma Reshapes Interpretation*, ed. Matthew Biberman and Julia Reinhard Lupton, Lewiston, NY: Edwin Mellen, 2011.

Bradley, A. C. *Shakespearean Tragedy*. London: Macmillan, 1932.

Brooks, Cleanth. *The Well Wrought Urn: Studies in the Structure of Poetry*. New York: Harcourt Brace Jovanivich Publishers, 1947.

Bullough, Geoffrey. *Narrative and Dramatic Sources of Shakespeare*. 7 vols. London: Routledge, 1973.

Cantor, Paul A. "A Soldier and Afeard: Macbeth and the Gospelling of Scotland. " *Interpretation* 24. 3, 1997.

Chamberlain, Stephanie. "Fantasizing Infanticide: Lady Macbeth and the Murdering Mother in Early Modern England. " *College Literature*, vol. 32, no. 3, 2005.

Cohen, Derek. *Searching Shakespeare: Studies in Culture and Authority*. Toronto: University of Toronto Press, 2003.

Coleridge, Samuel Taylor. *Shakespeare and the Elizabethan Dramatists*. Edinburgh: John Grant, 1905.

D'Avenant, William, Sir. *Macbeth a Tragedy: With All the Alterations, Amendments, Additions, and New Songs: As It's Now Acted At the Dukes Theatre*. London, 1674. Wing S2930.

Erasmus, Desiderius. "A Declamation on the Subject of Early Liberal Education for Children. " *Literary and Educational Writings* 4 *in Collected Works of Erasmus.* Trans. Beert C. Vertraete. Ed. J. K. Sowards. Toronto: U of Toronto P, 1985.

——. *The Adages of Erasmus.* Ed. and trans. Margaret Mann Phillips. London: Cambridge UP, 1964.

——. *The Education of a Christian Prince.* Trans. Lester K. Born. New York: Norton, 1964.

——. *The Praise of Folly and Other Writings.* Ed. and Trans. Robert M. Adams. New York: Norton, 1992.

Forker, Charles R. "Symbolic and Thematic Impoverishment in Polanski's *Macbeth.* " *Medieval & Renaissance Drama in England,* Vol. 25, 2012.

Greenblatt, Stephen. *Shakespeare's Freedom.* Chicago and London: University of Chicago Press, 2011.

Harris, Anthony. *Night's Black Agents : Witchcraft and Magic in Seventeenth-Century English Drama.* Manchester: Manchester UP, 1980.

Huggett, Richard. "*Supernatural on Stage*" : *Ghosts and Superstitions of the Theatre.* New York: Taplinger, 1975.

Kastan, David Scott. *Shakespeare After Theory.* London: Routledge, 1999.

Kellum, Barbara A. "Infanticide in England in the Later Middle Ages. " *History of Childhood Quarterly* 1, 1974.

Kinney, Arthur F. and David W. Swain eds. *Tudor England*: *an Encyclopedia*. New York: Garland, 2001.

Kirsch, Arthur. "Macbeth's Suicide." *ELH*, Vol. 51, No. 2, 1984.

Lemon, Rebecca. "Scaffolds of Treason in *Macbeth*." *Theatre Journal*, Vol. 54, No. 1, Tragedy, Mar., 2002.

Levin, Joanna. "Lady MacBeth and the Daemonologie of Hysteria," *ELH*, vol. 69, No. 1, 2002.

Low, Lisa. "Ridding Ourselves of *Macbeth*." *The Massachusetts Review*, Vol. 24, No. 4, 1983.

*Macbeth a Tragedy*: *with all the Alterations, Amendments, Additions, and New Songs*: *As it's Now Acted at the Dukes Theatre*. London: Printed for P. Chetwin... 1674, Wing S2930.

Machiavelli, Niccolo. *The Prince and Other Political Writings*. Ed. Bruce Penman. London: Dent, 1981.

Muir, Kenneth. "Image and Symbol in *Macbeth*." *Shakespeare Survey* 18. Cambridge: Cambridge UP, 1966.

Halliday, M. A. K. *An Introduction to Functional Grammar*. 3$^{rd}$ Edition, revised by M. I. M. Matthiessen. London: Hodder Arnold, 2004.

Holinshed, Raphael. *Holinshed's Chronicles of England, Scotland and Ireland*. ed. Henry Ellis. New York: AMS Press, Inc., 1808.

Norbrook, David. "*Macbeth* and the Politics of Historiography. " *Politics of Discourse*：*The Literature and History of Seventeenth-Century England.* Eds. Kevin Sharpe, and Steven N. Zwicker. Berkeley：U of California P, 1987.

*Oxford English Dictionary* (*OED*). 2$^{nd}$ ed. CD-ROM. New York：Oxford UP, 2009.

Plutarch. *Plutarch*：*Selected Lives and Essays.* Trans. Louise Ropes Loomis. Intro. Edith Hamilton. New York：Black, 1951.

Reid, B. L. "*Macbeth* and the Play of Absolutes. " *The Sewanee Review*, Vol. 73, No. 1, Winter, 1965.

Rooks, Amanda Kane. "*Macbeth*'s Wicked Women：Sexualized Evil in Geoffrey Wright's *Macbeth.* " *Literature/Film Quarterly*, Vol. 37, No. 2, 2009.

Rosenberg, Marvin. "Lady Macbeth's Indispensable Child", *Educational Theatre Journal*, 1974, vol. 26, no. 1, 1974.

Rutter, Carol Chillington. *Shakespeare and Child's Play*：*Performing Lost Boys on Stage and Screen.* London：Routledge, 2007.

Shaheen, Naseeb. *Biblical References in Shakespeare's Plays.* 2$^{nd}$ ed. Newark：U of Delaware P, 1999.

Shakespeare, William. *Macbeth.* ed. Kenneth Muir. The Arden Shakespeare. 北京：中国人民大学出版社,2008 年。

——. eds. Sandrea Clark and Pamela Mason, The Arden Shakespeare, 3$^{rd}$ ser. , gen. eds. Richard Proudfoot, Ann Thompson, and David Scott Kastan, Bloomsbury, 2015

Spoto, Stephanie Irene. "Jacobean Witchcraft and Feminine Power." *Pacific Coast Philology*, Vol. 45, 2010.

Stallybrass, Peter. "*Macbeth* and Witchcraft." *Focus on Macbeth*. Ed. John Russell Brown. London: Routledge, 1982.

Stone, Lawrence. "Social Mobility in England." *Past and Present* 33, 1966.

——. *The Crisis of the Aristocracy*, 1558—1641. Oxford: Clarendon, 1984.

——. *The Family*, *Sex and Marriage in England*, 1500—1800. New York: Harper and Row, 1977.

Thomas, Keith. *Religion and the Decline of Magic*. New York: Penguin Books, 1971.

Thompson, Edward H. "*Macbeth*, King James and the Witches." *Conference on "Lancashire Witches —— Law, Literature and 17th century Women" in the University of Lancaster. December*, 1993.

Williams, George Walton. "*Macbeth*: King James's Play." *South Atlantic Review*, Vol. 47, No. 2, 1982.

Young, Bruce W. *Family Life in the Age of Shakespeare.* West Port: Greenwood, 2009.

Zender, Karl F. "The Death of Young Siward: Providential Order and Tragic Loss in *Macbeth*." *Texas Studies in Literature and Language* 17.2, 1975.

艾柯,翁贝托:《丑的历史》,彭淮栋译。北京:中央编译出版社,2012 年。

李伟民:《莎士比亚悲剧《麦克白》在中国的传播和影响》,《西北民族大学学报(哲学社会科学版)》2006 年第 1 期。

李小林:《野心/天意:从〈麦克白〉到〈血手记〉和〈欲望城国〉》,《外国文学评论》2010 年第 1 期。

罗峰编/译:《丹麦王子与马基雅维利》。北京:华夏出版社,2011 年。

蒋焰:《试论近代早期英国巫妖信仰中的"听差精灵"》,载《武汉大学学报(人文科学版)》2007 年第 1 期。

莎士比亚,威廉:《莎士比亚全集》,梁实秋译。台北:远东图书公司,民国 80 年(1991 年)。

——:《莎士比亚全集》,朱生豪译。北京:人民文学出版社,1994 年。

《圣经》。中国基督教三自爱国运动委员会和中国基督教协会印行。

托马斯,基思:《巫术的兴衰》,芮传明译,上海:上海人民出版社,1992 年。

辛菲尔德,艾伦:《〈麦克白〉:历史、意识形态与知识分子》,黄必康译,《国外文学》1998 年 4 期。

肖剑:《世俗与神圣:〈麦克白〉剧中的时间》,《中山大学学报(社会科学版)》2017 年第 4 期。

徐煜:《论英国斯图亚特王朝早期的宪政斗争》,载《武汉大学学报(人文科学版)》2009 年 5 月。

杨周翰编选:《莎士比亚评论汇编》(上)(下)。北京:中国社会科学出版社,1979 年。

伊格尔顿,特里:《论邪恶·恐怖行为忧思录》,林雅华
　　译。长沙:湖南人民出版社,2014 年。

**图书在版编目(CIP)数据**

《麦克白》注疏/(英)威廉·莎士比亚著;徐嘉笺注.
--上海:华东师范大学出版社,2023

ISBN 978-7-5760-4319-8

Ⅰ.①麦… Ⅱ.①威… ②徐… Ⅲ.①悲剧—剧本—
文学研究—英国—中世纪 Ⅳ.①I561.073

中国国家版本馆 CIP 数据核字(2023)第 230177 号

**华东师范大学出版社六点分社**

**企划人 倪为国**

## 《麦克白》注疏

著　　者　[英]威廉·莎士比亚
笺　　注　徐　嘉
责任编辑　朱妙津　古　冈
责任校对　彭文曼
封面设计　刘怡霖

出版发行　华东师范大学出版社
社　　址　上海市中山北路 3663 号　邮编　200062
网　　址　www.ecnupress.com.cn
电　　话　021-60821666　行政传真　021-62572105
客服电话　021-62865537
门市(邮购)电话　021-62869887
地　　址　上海市中山北路 3663 号华东师范大学校内先锋路口
网　　店　http://hdsdcbs.tmall.com

印 刷 者　上海景条印刷有限公司
开　　本　890×1240　1/32
印　　张　7
字　　数　125 千字
版　　次　2024 年 1 月第 1 版
印　　次　2024 年 1 月第 1 次印刷
书　　号　ISBN 978-7-5760-4319-8
定　　价　58.00 元

出 版 人　王　焰